AF874108

UNA SALIDA HONROSA

Obras de Éric Vuillard
en Maxi

14 de julio
La batalla de Occidente
Una salida honrosa

ÉRIC VUILLARD
UNA SALIDA HONROSA

Traducción de Juan Manuel Salmerón Arjona

MAXI
TUSQUETS
EDITORES

PEFC Certificado

Este libro procede de bosques gestionados de forma sostenible

PEFC

PEFC/14-38-00305 www.pefc.es

Título original: *Une sortie honorable*

1.ª edición en colección Andanzas: marzo de 2023
1.ª edición en colección Maxi: octubre de 2024

© Actes Sud, 2022

Adaptación de la cubierta: Maxi Tusquets / Área Editorial Grupo Planeta

Fotografía de la cubierta: Jacqueline y Christian de la Croix de Castries, 11 de septiembre de 1954.
© Bettmann / Getty Images

© de la traducción: Juan Manuel Salmerón Arjona, 2023

Diseño de la colección: FERRATERCAMPINSMORALES

Reservados todos los derechos de esta edición para
Tusquets Editores, S. A. - Avda. Diagonal, 662-664. 08034 Barcelona
www.maxitusquets.com

ISBN: 978-84-1107-513-8
Depósito legal: B. 14.374-2024
Impresión y encuadernación: Liberdúplex, S. L.
Printed in Spain - Impreso en España

La lectura abre horizontes, iguala oportunidades y construye una sociedad mejor.
La propiedad intelectual es clave en la creación de contenidos culturales porque sostiene el ecosistema de quienes escriben y de nuestras librerías.
Al comprar este libro estarás contribuyendo a mantener dicho ecosistema vivo y en crecimiento.
En Grupo Planeta agradecemos que nos ayudes a apoyar así la autonomía creativa de autoras y autores para que puedan seguir desempeñando su labor.
Dirígete a CEDRO (Centro Español de Derechos Reprográficos) si necesitas fotocopiar o escanear algún fragmento de esta obra. Puedes contactar con CEDRO a través de la web www.conlicencia.com o por teléfono en el 91 702 19 70 / 93 272 04 47

Índice

A Stéphane Tiné †

Anexo muy confidencial a un informe de la Inspección de Trabajo

«Hay que viajar», decía Montaigne. «Viajar nos vuelve modestos», añadía Flaubert. «Viajamos para cambiar no de lugar, sino de ideas», insistía Taine. ¿Y si fuera todo lo contrario? En una guía de viaje sobre Indochina de 1923, después de una página de anuncios de la casa Ridet & Cie, armería del centro de Hanói que vendía «armas y municiones de caza y de guerra y toda clase de accesorios para cazadores y turistas, pistolas automáticas y carabinas», antes incluso de que hablen de «la parte más pintoresca del Alto Tonkín, donde hay numerosas atracciones naturales», encontramos un breve léxico, manual de conversación para turistas, cuyos primeros rudimentos son: «ve a buscar un carro, ve rápido, ve despacio, gira a la derecha, gira a la izquierda, da la vuelta, levanta el capote, baja el capote, espérame aquí un momento, llévame al banco, al joyero, al café, a la comisaría, a la concesión». Era el vocabulario básico del francés que iba de vacaciones a Indochina.

El 25 de junio de 1928, al alba, tres figuras austeras salían de Saigón para hacer un pequeño viaje. Un manto de niebla flotaba sobre los edificios. El coche circulaba a gran velocidad. La capota iba echada, hacía frío, y el viajero de delante se envolvió rápidamente en una manta de viaje. En realidad, Tholance, Delamarre y el secretario de ambos no eran unos viajeros normales y corrientes: formaban el embrión de una nueva administración colonial, eran los primeros inspectores de trabajo que se nombraban en la Indochina francesa. La sospecha de que había habido malos tratos en una plantación Michelin después de un motín de trabajadores había causado un gran revuelo y les habían encomendado la tarea de comprobar que se respetara el exiguo reglamento que hacía las veces de código laboral y protegía al culi vietnamita. El coche pronto dejó atrás los suburbios de la ciudad y continuó por entre filas de chozas. El paisaje era muy bello, de un color verde casi agresivo, el río se había desbordado y, tras una delgada franja de tierra, se adivinaban multitud de pequeñas parcelas cubiertas de un agua resplandeciente.

Después el camino se adentró en el bosque y los viajeros sintieron, a la vez que una especie de encantamiento, una indecible angustia. A ambos lados de la carretera, el bosque desfilaba inmóvil e implacablemente repetido. Se adentraban en un bosque inmenso. Pero no era como los demás bosques: no era ni un bosque tropical, lleno de maleza y salvaje, ni el espeso bosque de los sueños, el bosque oscuro en el que los niños se pierden; era un bosque aún más extraño, más salvaje si cabe, más oscuro. Cuando entra en él, el viajero se estremece. Parece que, en ese bosque, por un curioso sortilegio, todos los árboles crezcan exactamente a la misma distancia unos de otros. Hay un árbol y luego otro y otro y otro, siempre el mismo, como si el bosque estuviera compuesto de un solo y único espécimen que se multiplicara hasta el infinito.

Por la noche, en las horas frías, unos hombres caminan regularmente de árbol en árbol. Llevan un pequeño cuchillo. En cinco segundos dan unos pasos, se agachan, se incorporan y dejan hecho un corte en la corteza del árbol. Esto les lleva como máximo quince segundos y, así, cada veinte segundos más o menos, un hombre llega al árbol siguiente, mientras, en la fila de al lado, otro hombre hace lo mismo, y en cientos y cientos de metros, cientos de hombres, descalzos, vestidos de tela, avanzan, con una linterna en una mano y el cuchillo en la otra, haciendo cortes en las cortezas. Empieza entonces un lento goteo. Parece leche. Pero no es leche, es látex. Cada noche, cada hombre sangra unos mil ochocientos árboles, mil ochocientas veces apoya el cuchillo en la corteza, mil ochocientas veces hace una muesca, corta una fina lámina de unos dos milímetros de grosor, mil ochocientas veces lo hace con cuidado de no tocar el corazón de la madera. Y mientras nuestros inspectores de trabajo recorren en coche la interminable plantación, mientras admiran la racionalidad en acción, cómo Taylor y Michelin han logrado vencer «la pereza natural» del obrero anamita gracias a una organización racional del trabajo, mientras admiran hasta qué punto ese bosque, la organización implacable de ese bosque, representa una lucha inaudita contra la pérdida de tiempo, su mirada atraída por la inmensidad helada del trabajo, sienten una especie de horror.

Incluso el sistema mejor ordenado tiene fallos. A las nueve de la mañana, cuando les faltaban unos veinte kilómetros para llegar a las oficinas de la plantación, Émile Delamarre, inspector de trabajo, vio a tres jóvenes tonkineses al borde de la carretera. Tuvo la mala idea de asomarse y observó que iban atados unos a otros con un alambre. Aquello —tres hombres descalzos y atados juntos— debió de parecerle extraño, absurdo, y ordenó al conductor que parara.

Los tres hombres iban sucios, vestidos con harapos, y los escoltaba un capataz. Delamarre se apeó del coche algo aturdido por el viaje, se tambaleó en el barro y, penosamente, se acercó a los prisioneros. Cuando llegó a su altura, miró un momento al capataz, que, al ver el costoso traje que llevaba, se descubrió. Hacía ya calor y había humedad. Delamarre observó que los prisioneros estaban cubiertos de sarna. De una ojeada vio también que el alambre les hería de mala manera las muñecas y decidió preguntarles directamente, en vietnamita. Después de intercambiar algunas palabras triviales y de vacilar un momento, uno de ellos le contó que se había escapado. Era lo que llamaban *un desertor*, había huido de la plantación por la noche, pero acababan de apresarlo. El trato debió de parecerle a Delamarre un tanto desproporcionado, pero no era de su incumbencia. Se limitó a comentarle algo al capataz secamente, dio media vuelta, se limpió las suelas en el arcén y subió al coche.

—A la plantación —dijo.

El resto del trayecto procuró olvidar aquella escena desagradable y, gracias a Dios, cuando llegaron a la plantación fueron recibidos calurosamente. Después de darles una primera idea de las instalaciones, les presentaron al director de la factoría Michelin en Cochinchina, el señor Alpha, que iba acompañado del responsable de la plantación, el señor Triaire, y de algunos empleados europeos. Todos juntos empezaron la visita: viviendas de los culis, jardines, duchas, enfermería, almacenes de víveres, depósito de agua. Los inspectores examinaron con admiración todo aquel equipamiento nuevo. Salieron del edificio y Delamarre, aprovechando un momento que caminó a solas con el director, le preguntó por una barra de castigo que había visto al empezar la visita, cerca de las viviendas. El señor Alpha pareció desagradablemente sorprendido, se volvió hacia su ayudante, el señor Triaire, y, en tono enérgico, le pidió explicaciones.

—Es para los desertores —dijo Triaire, algo violento—. ¡Pero solo los tenemos una noche y sujetos por un pie!

—¿Hay más barras de esas en la plantación? —preguntó Delamarre.

—No —contestó Triaire, categórico.

Continuó la visita. Era el turno de las cocinas. Les habían organizado un recorrido completo. Triaire presumía de la moderna disposición, de la pulcritud, cuando, de pronto, al pasar por delante de una puerta cerrada, Delamarre preguntó qué había dentro. Le contestaron encogiéndose de hombros, era sin duda un trastero, no tenían la llave. Dado que Delamarre insiste en entrar, Triaire corre a buscarla. Al final viene con él el vigilante, sofocado, y abre la puerta. El cuarto está vacío, pero al fondo hay una barra con nueve agujeros.

El director se vuelve rápidamente hacia Triaire y exige explicaciones. Triaire titubea, el director sube el tono. Pero, así como en el teatro vemos desarrollarse en primer plano una escena cómica que otra escena en segundo plano manifiestamente desmiente, de repente se oyen gemidos en un cuarto contiguo. También la puerta de ese cuarto está cerrada, hay que ir a buscar la llave. Pero el inspector, haciendo uso de su autoridad, ordena que la echen abajo. Y entonces, ¡oh, milagro!, la llave aparece y la puerta se abre al instante, ¡qué despistado este Triaire! Solo que, en lugar de desdramatizar, este curioso despiste agrava un vago temor que desde hace unos minutos invade a los inspectores de trabajo. Y cuando la puerta se abre, los gemidos aumentan y ellos saben de pronto que van a entrar en otro mundo.

Un hombre yace de espaldas, sin fuerzas, exhausto, con los pies aherrojados, medio desnudo. Se retuerce en el suelo tratando desesperadamente de taparse los genitales con un trapo sucio que sujeta como puede contra sí. Mientras la pequeña comitiva contempla anonadada lo que acaba de descubrir, Triaire se abalanza y, arrebatándole el trapo que el pobre hombre oprime, tembloroso, contra su cuerpo escuálido, exclama:

—¡Con tal que no se haya mutilado!

La observación es tan chocante que el inspector de trabajo tarda un instante en entender su sentido. ¿Quiere decir Triaire que han atado así al hombre *por su bien?*

El culi quedó casi desnudo, expuesto a la mirada de todos. La escena era espantosa. Lo desataron como pudieron, lo levantaron y los guardias examinaron brutalmente hasta el último rincón de su cuerpo, como si el hombre hubiera intentado suicidarse o escondiera algo. El recinto estaba mal iluminado, era sórdido. El hombre estaba horriblemente flaco. Apenas se tenía en pie. Estaba aterrado.

El director increpó a Triaire.

—¡¿Qué es todo esto?! —gritaba.

—No lo sé, señor —repetía Triaire, que a su vez pedía a gritos a un vigilante que trajera al enfermero.

Hubo que esperar. La espera se hizo interminable. El vietnamita estaba esquelético, moribundo, obligado a permanecer de pie en medio de los directores y de dos desconocidos cuyo idioma no entendía. El hombre titubeaba, los franceses callaban. De rato en rato, una gota de agua caía pesadamente sobre las chapas. Una corriente de aire fresco atravesaba el cuarto. Y Triaire repetía para sí:

—No lo entiendo.

Llegó por fin el enfermero. Debió de pensar que tranquilizaría a los inspectores al decir:

—Es un paciente con disentería al que cuido.

Pero esta afirmación sorprendente no hizo sino tensar más la atmósfera. Delamarre pensó: «¡¿Y así es como lo cuida, atándolo medio desnudo a una viga?!». Ordenó con voz fría:

—¡Que desnuden por completo a este hombre!

Triaire hizo una seña a los dos vigilantes, el culi se estremeció de miedo, pero estaba demasiado débil para dar un solo paso. Le quitaron la chaqueta. El hombre quedó completamente desnudo, como algún día estaremos todos ante nuestros jueces. Tenía la cabeza gacha, parecía un muerto. El inspector Delamarre se le acercó lenta, muy lentamente, y dio una vuelta a su alrededor. Por señas le pidió a su colega que se acercara:

—Le pido que observe que este hombre lleva en la espalda seis varazos bien marcados.

Al día siguiente, Delamarre visitó otra plantación Michelin donde últimamente se habían registrado varios suicidios por ahorcamiento. La casa Michelin se preguntaba por los motivos de esta «epidemia de suicidios», según la expresión que figuraba en el informe de la Inspección de Trabajo. De acuerdo con la lista que le comunicaron, dichos suicidios se habían producido a un ritmo escalofriante. Pham-thi-Nhi, ahorcado el 19 de mayo; Pham-van-Ap, ahorcado el 21 de mayo; Ta-dinh-Tri, ahorcado el mismo día; Le-ba-Hanh, ahorcado el 24; Do-the-Tuat, ahorcado el 10 de junio; Nguyen-Sang, ahorcado el 13 de junio; Tran-Cuc, ahorcado esa misma mañana. En total, siete suicidios en un mes. Y, durante su visita, el inspector descubre profundas marcas de golpes en el cuerpo de los culis y, cuando les pregunta, le cuentan historias de humillación y de terror; y, pese a las negaciones, Delamarre acaba encontrando toda una provisión de varas y bastones en un trastero; y, como de costumbre, el director de la plantación no sabía nada y, como de costumbre, parece muy impresionado y afirma que, aunque tuvo conocimiento de ciertos excesos y enseguida intervino mandando trasladar a un joven ayudante demasiado celoso, nunca habría imaginado semejantes desmanes; y, como de costumbre, dice que lo siente mucho; y, como de costumbre, los abusos se describen como algo excepcional, errores, actos de crueldad de un vigilante, de sadismo de un subalterno. El inspector redactó su informe escrupulosamente, la administración formuló algunas recomendaciones, a las que no siguió ninguna reforma ni ninguna condena. Ese año, la casa Michelin obtuvo unos beneficios récord de noventa y tres millones de francos.

Unos años antes, André Michelin había conocido a Frederick W. Taylor, con ocasión de una comida organizada en su honor en el restaurante Prunier, en París. En los postres, Taylor, quien, según dijo Michelin, era «la modestia en persona», les expuso tímidamente los principios de su método. Pero, para que comprendamos mejor la admiración que André Michelin sentía por las teorías de Taylor; para que sintamos debidamente el horror que experimentaron los inspectores de trabajo cuando el coche en el que iban se internó al amanecer en aquel bosque geométrico, en el que todos los árboles se plantaron exactamente a la misma distancia unos de otros para que los culis solo tuvieran que dar unos pasos, siempre los mismos, al mismo ritmo; para que sepamos bien lo que es *la modestia de Taylor,* esa cualidad con la que Michelin lo adorna, citemos este breve pasaje del gran libro divulgativo en el que Frederick W. Taylor expone *los principios de la administración científica:* «Un hombre de la inteligencia de un trabajador medio puede ser adiestrado para realizar el trabajo más delicado y más difícil si lo repite un número suficiente de veces, y su mente inferior lo vuelve más apto que el obrero especializado para soportar la monotonía de la repetición».

Así, según Taylor, Pham-thi-Nhi, con documento de identidad número 2762, quien se ahorcó el 19 de mayo de 1928 en la plantación de Dau Tieng, no era sino *un hombre de la inteligencia de un trabajador medio adiestrado para realizar el trabajo más repetitivo* que, sin embargo, y pese a *su mente inferior,* al parecer no pudo soportar *la monotonía de la repetición;* y Pham-van-Ap, con documento de identidad número 1309, que se ahorcó el 21 de mayo de 1928, seguramente no era más que *un hombre de la inteligencia de un trabajador medio adiestrado para realizar el trabajo más repetitivo* que, sin embargo, tampoco resistió *la monotonía de la repetición.*

Ese mismo año, en la plantación murieron el treinta por ciento de los trabajadores: más de trescientas personas. Delamarre recordó las muñecas finas, serradas por el alambre, de los tres fugitivos asustados, de mirada ausente, los *desertores* con los que se encontró aquella mañana. Sintió vergüenza. La verdad estaba ahí, a la vista. Poco importaba ya el maldito contrato de trabajo que tenían, según el cual podían tratarlos de esa manera. Cuando, aquella tarde, el inspector Delamarre reanudó su camino, comprendió que aquellos hombres habían intentado huir de la plantación solo porque querían salvar la vida.

Dupont, el de los porteros

Al norte de Vietnam, en la región de Tonkín, hay unos paisajes de montaña extraordinarios, eso que los viajeros llaman *paisajes de ensueño*. Esas montañas escarpadas, esos lagos transparentes, esas prodigiosas cascadas, parecen salidas directamente de la pintura china. Se diría que las pintaron con un pincel muy usado, para que la línea, reducida a su mínima expresión, solo indicara un límite brumoso. Pero, en septiembre de 1950, el puesto militar desde el que los franceses llevaban un cuarto de siglo admirando aquellos sublimes paisajes solo recibía avituallamiento por aire y por lo tanto se hallaba peligrosamente aislado. Era difícil hacerse con las provisiones que les arrojaban en paracaídas y temían pasar hambre. La situación era crítica. Grandes contingentes de mano de obra habían abandonado las plantaciones y se habían unido a la rebelión. Había que enfrentarse a un verdadero ejército. Así, y después de muchas vacilaciones, el

Estado Mayor francés se resignó a evacuar la posición. Fue demasiado tarde. El mismo día en que se recibió la orden de evacuar, el Viet Minh emprendía un gran ataque. Enseguida lanzaron en paracaídas a legionarios de refuerzo, pero el asalto fue tan rápido, tan brutal, que ni siquiera tuvieron tiempo de intervenir, y el puesto cayó.

Entre peripecias sangrientas, órdenes y contraórdenes mal dadas, el regimiento evacuado de Cao Bang avanzaba con dificultades por la selva. Al fin lograron unirse a otra columna. Pero al caer la noche, viendo que la situación era cada vez más desesperada y que los atacaban por todos lados, los supervivientes se batieron en retirada. El enemigo no dio tregua. Después de numerosos y enconados combates, las dos columnas fueron aniquiladas.

Unos diez días después, el jueves 19 de octubre de 1950, en la Asamblea Nacional francesa, Édouard Herriot, el presidente, expresó la fórmula ritual de homenaje a *nuestras* fuerzas armadas, unas palabras a *nuestros* heroicos soldados, y recordó la lucha que libraban en Indochina con gran dignidad; incluso creyó conveniente añadir que la misión de esos soldados era «defender la independencia de una nación asociada a nuestro país en el marco de la Unión Francesa». Lanzó luego una mirada circular al público. Los palcos estaban llenos. Expresó, pues, a las familias *nuestra* profunda emoción y se apresuró a pasar página para dar la palabra al primer interpelante, el señor Juge.

En nombre del grupo comunista, el diputado pregunta qué piensa hacer el gobierno con la propuesta hecha por el presidente Ho Chi Minh de intercambiar prisioneros. Su discurso dura unos minutos, los diputados empiezan a bostezar, ¡qué calor hace ese mes de octubre! Se aflojan el nudo de la corbata, se sueltan un agujero del cinturón. Por fin, un cuarto de hora después, otro diputado, Frédéric-Dupont, toma la palabra y el hemiciclo se anima enseguida. Y es que Frédéric-Dupont no es un parlamentario como los demás: es un diputado proverbial, de opiniones resonantes, todo un personaje del palacio Borbón, sede de la Asamblea. Para hacerle justicia, hay que decir que una parte no desdeñable de su reputación se debía al profundo interés que sentía por los porteros de los edificios; parece ser que presentó decenas y decenas de propuestas destinadas a mejorar las tristes condiciones de vida de estas personas, lo que le valió el sobrenombre de «el de los porteros».

Observamos con emoción tan gran amor a un gremio injustamente despreciado, a esos testigos pasivos y menesterosos de nuestra vida, que nos reparten el correo, expulsan a los inoportunos y nos sacan la basura. Pero para que entendamos mejor el interés que nuestro diputado tenía en ellos, debemos remitirnos a los criterios que se aplicaban para contratarlos. Y para ello debemos fijarnos por un instante en la persona de Jean Chiappe, famoso prefecto de París y uno de los padres fundadores de la policía moderna. Lector de *Gringoire* y de *L'Action Française*, Chiappe admiraba por encima de todo a Charles Maurras, el famoso «polemista». Por la noche, echado sobre la bolsa de agua caliente, repasaba ansioso, ceñudo, los panfletos del maestro, esperando que surgiera, al día siguiente, el régimen enérgico que redimiría a Francia. Cuando estaba de buen humor, después de una feliz redada, una huelga bien reprimida, suspiraba, a la luz de la lámpara de noche, leyendo las historias de amores imaginarios que evocaba Maurras en sus *ensueños provenzales*. Pero la gran pasión de Jean Chiappe era su trabajo. Celoso, incorporó al cuerpo de los guardianes de la paz a todos los matones que pudo, bandidos sin escrúpulos, facciosos, a fin de tener una policía aguerrida, complaciente y obtusa. Y para mejorar el día a día de sus hombres, facilitó que sus esposas trabajaran de porteras, lo que les permitiría redondear sus ingresos. Y es que uno nunca está suficientemente informado, suficientemente seguro de los inquilinos mal vestidos, de los pequeños propietarios inestables, y por eso conviene colocar en las porterías de París a personas de confianza. Y así comprendemos por qué Frédéric-Dupont, que opinaba lo mismo que Chiappe, apoyaba incansablemente a las porteras. Así mantenía a todo un cuerpo de agentes electorales, misioneros, proselitistas, propagandistas de barra de bar, pero, sobre todo, socorría a una clientela diligente, eficaz: las esposas de los policías, un ejército de confidentes.

Frédéric-Dupont no era solo, pues, el diputado extravagante que se nos quiere hacer ver, el energúmeno excesivo, fantasioso, que nos describen sus antiguos colegas. Ahora que, ese 19 de octubre de 1950, baja con cuidado los escalones del hemiciclo, estrechando manos y haciendo chistes, y se dispone a hablar, observémoslo un poco, repasemos brevemente su larga carrera, cojamos un momento el libro que tiene en la mesita de noche, hojeemos rápidamente la novelita de su existencia.

Édouard Frédéric-Dupont nació en el distrito VII de París, es un verdadero autóctono de este distrito, habla su idioma, conoce sus costumbres y viste su uniforme. Tiene un rostro curioso. Hay que decir que participó en las revueltas de febrero de 1934, durante las cuales fue herido en la cara, y a eso quizás se deba ese aspecto extraño, desagradable. Pero esa herida de guerra se la recompensarán los habitantes del distrito VII reeligiéndolo una y otra vez alcalde de ese distrito por mayoría aplastante, del 95 por ciento, verdaderos plebiscitos. Defensor del general Francisco Franco, votará en su momento a favor de conceder los plenos poderes a Pétain. Elegido vicepresidente del Consejo Municipal de París en 1941, cuando vea que las tornas empiezan a cambiar, se negará a votar el proyecto de presupuestos de 1944. Al final, justo antes del desastre, dimite de su cargo. Unos meses después, Francia será liberada. Sus actos valerosos le valdrán *in extremis* la Medalla de la Resistencia y la Legión de Honor.

¡Pero demos un salto, vamos, avancemos! Recapitulemos su prodigiosa carrera: elegido representante público en París durante sesenta y dos años, un récord, trece mandatos como diputado, más de cuarenta años de vida parlamentaria; conoció tres repúblicas y militó en diez formaciones políticas, para al final presentarse en la lista del Frente Nacional junto con Olivier d'Ormesson, el primo del novelista Jean d'Ormesson. Pero, sobre todo, Dupont des Pipelettes o de las Cotillas, como lo llaman cariñosamente en los pasillos, fue un gran *reformador*. Hagamos constar que entre sus acciones más notables se cuentan la creación del Periférico de París, la construcción de un aparcamiento y la restauración de los jardines del palacio de los Inválidos. Es decir, prodigios.

Pero, ese 19 de octubre de 1950, Frédéric-Dupont se halla en un momento culminante de su carrera, la guerra de Indochina lo coloca en primer plano. Es el adalid del Imperio y el abogado de nuestro ejército. Un rayito de luz cae desde la vidriera, los periodistas rodean discretamente la tribuna. Dupont se sube un poco el pantalón —¡decididamente los sastres no son lo que eran!—, se abrocha el segundo botón de la chaqueta (el corte de esta se muestra indulgente con su sobrepeso), se asegura de que el roce con la gente no se la ha arrugado y carraspea. Se aferra a la mesa del estrado. Hay mucha gente en el hemiciclo, los palcos están llenos, sus compañeros lo animan. Con ademán pensativo, se enjuga el cráneo, se atusa los últimos mechones de pelo que le quedan y se lanza a pronunciar su gran diatriba.

Empieza recordando, con expresión conmovida, el «drama de Cao Bang» y lamentando «el abandono material y moral en el que se ha dejado a nuestro heroico cuerpo expedicionario». Estallan unas risas. Los secretarios registran al momento réplicas groseras. Las luces brillan. Dupont siente una vaga tristeza. En los bancos del gobierno, los ministros se agitan. El ejército, sigue diciendo Dupont, carece de todo en Indochina y, señalando con un dedo justiciero al secretario de Estado para las Fuerzas Armadas, con cara de angustia y rojo de cólera, exclama ¡que incluso han tenido que poner estacas de bambú en lugar de alambradas!

Max Brusset:

—¡Es el colmo!

Esta réplica de Max Brusset es memorable. Y, como todo lo que guarda relación con la memoria, tiene su origen en una lenta sedimentación. Para poder pronunciar convenientemente «¡Es el colmo!» en las circunstancias adecuadas, es preciso que se acumulen varias generaciones de personajes notables. Desde el bocio de Max Brusset, esta expresión hunde sus raíces en la garganta de su abuelo, Jean-Baptiste, que fue senador y presidente de los notarios del departamento del Alto Saona, cargo maravilloso. El mismo Max fue miembro del comité de honor y del comité de orientación de la *Revue des Deux Mondes,* revista que siempre fue generosa. Fue también uno de los propietarios de Radio Méditerranée, y presidente y director general de Satas, empresa fabricante de máquinas de franquear correo, modelo patentado provisto de un sistema exclusivo y revolucionario llamado *sanglier.* Y fue asimismo consejero de la Compagnie Générale d'Électricité, de L'Oréal y de Henkel-France, fabricante este último de adhesivos y detergentes. Es una persona versátil; con su cara bonachona de hombre de la radio, se adapta a todo, pasa de las ondas a los sellos de correos, de los sellos de correos a distribuir electricidad, de la electricidad, que ilumina la vida, a los cosméticos, que son perfectamente accesorios, y de los cosméticos, que maquillan, a los detergentes, que corroen.

Y su mujer, Marie, es una Vallery-Radot, el orgullo de la burguesía. En el siglo XVI, los Radot son comerciantes, se transmiten un cofrecito y un escritorio de padres a hijos. Un siglo después son maestros cirujanos y, al siglo siguiente, notarios reales. Hecho. En el siglo XIX, Lazare-André Radot se instala en Avallon, es abogado. Su hijo, Vincent Félix Vallery-Radot, sube a París; su carrera es prodigiosa. Desde la Biblioteca Real del Louvre, se aúpa hasta el gabinete del ministro de Agricultura y Comercio en el Segundo Imperio. Vincent Félix sabe hacer de todo. Redacta críticas, publica libros y, al final, se lleva la Legión de Honor. Pero, sobre todo, Vincent Félix se casa. Y en eso también es listo, ambicioso; se casa con la nieta del doctor Jean-Joseph Sue y, a través de ella, a la vez con la Academia de Medicina, con la literatura y con la gran Historia; adornará su árbol genealógico con Louis Pasteur y Eugène Sue, con un administrador del duque de Orléans y con un académico. Y la cosa continúa: primero con René Vallery-Radot, hombre de letras, colaborador también de la *Revue des Deux Mondes,* y luego con Louis Pasteur Vallery-Radot, que al final está entre dos academias, la Academia Francesa y la de Medicina. ¡Ah, qué parentela, qué clan son los Vallery-Radot! Es, pues, la flor y nata de este linaje, florilegio de la burguesía francesa, la que toma la palabra por boca de Max Brusset el 19 de octubre de 1950 en la Asamblea Nacional, hacia las diez de la mañana. Y mientras el pequeño Max, el niño de Neufchâteau, se retira muy al fondo de su traje, tras su corbata marrón y su cuello demasiado blanco, mientras rumia en la trastienda (es decir, en *su alma)* no sabemos qué miedo enfermizo, pálido, envenenándose con las palabras secretas, llenas de hiel, de tristeza y de hiel, que pronuncia para sí, mudo, sin oírlas, quizás sin ni siquiera pensarlas, mientras el pequeño Max, tímido, de mirada borrosa, se repliega en sí mismo, el diputado por el departamento de Charente Marítimo alza fogoso el brazo y abre mucho la boca. Toda su genealogía de notables, los grandes Brusset, arrojan lejos de sí a los Brusset pequeños del pasado, y su familia política, los gerifaltes de la *Revue des Deux Mondes,* los magnates de la cirugía y la notaría, se levantan y, símbolo de la representación nacional, fenómeno por el que la voluntad de mil cristaliza en uno, todos los Radot, los Brusset y los Vallery exclaman como si fueran una sola persona: «¡Es el colmo!».

Pero Max Brusset no se contentará con esta admirable exclamación, sino que, una hora después, volverá a abrir la boca y dirá: «¡Vaya, lo que faltaba!», y, poco después, lanzará esta aguda réplica: «¡Es la voz de su amo!», refiriéndose a la voz del pueblo argelino. A continuación pasa una buena media hora, durante la cual se rasca los huevos bajo el banco y, tras un cuartito de hora dormitando, despertado bruscamente por el ardor del debate, suelta su más célebre salida: «¿Toca repartir los premios?». Pero aún tendrá una última réplica, al acabar la jornada, proverbio moral que todo lo dice. Colorado, respirando mal, se pone en pie, saca pecho y pronuncia con voz débil, mortecina: «Señor presidente, tiene usted más consideración por Tillon que por Capitant», lo que en lenguaje simple y llano quiere decir: «Tiene usted más consideración por un comunista que por un gaullista»; lo que en francés antiguo quiere decir: «¡Tiene usted más consideración por un viejo operario que por un profesor de la Facultad de Derecho de París!»; lo que en la lengua de Molière quiere decir: «¡Tiene usted más consideración por un pueblerino que por uno de los nuestros!».

Intermedio

Por fin, al mediodía, después de numerosas intervenciones memorables, saliendo de su prodigioso sopor, Herriot sacudió su enorme cuerpo y aplazó el debate hasta la siguiente sesión pública, que empezaría dos horas después. Eran las doce y cuarto. El presidente se abotonó la chaqueta, como, por una especie de reflejo condicionado, acostumbran a hacer los hombres de negocios y los políticos. Los obreros, los empleados de Correos, los ferroviarios, los que manejan las grúas nunca se abotonan la chaqueta, se meten las manos en los bolsillos, a la altura de las caderas, y dejan que las alas de los mandiles les tapen los codos. Pero es que los hombres de negocios y los políticos tienen problemas de abultamiento, de redondez. La culpa la tiene en parte la edad, pero la causa principal de esta deformidad es el salario, los sobresueldos, los sobornos.

Rápidamente se vació el hemiciclo. Herriot y algunos colegas fueron a comer a Rollet, en la calle de Bourgogne. De camino, rodeando al viejo maestro, recuerdan la intervención de Pierre Cot, quien, al final de la mañana, ha puesto patas arriba el hemiciclo.

—¿Es verdad —pregunta uno— que la guerra nos cuesta mil millones al día?

Un miembro de la Comisión de Hacienda, que trota por el bordillo para ceder la acera al presidente, lo confirma:

—Sí, nos gastamos, según el ministro de Hacienda, mil millones diarios en la guerra. Es la cifra oficial.

Al oír esta cifra, los bancos de la Asamblea habían refunfuñado. Mil millones. Es mucho, desde luego. Se cruzaron miradas de bancada a bancada, incómodas; ingurgitaban, regurgitaban, comparaban. Parece enorme, en efecto. Mil millones. Nunca hay bastante para subsidios, para ayudas; las protecciones de todo tipo han de esperar una y otra vez en nombre del realismo contable; se nos explica, con el dedo alzado, que si gastamos más de lo que ingresamos, vamos a la bancarrota. Y esos pícaros que se pasan la vida echando cuentas y nos rascan aquí un céntimo, allí dos, los feroces guardianes de nuestros dineros, de pronto, cuando se trata de un gasto tan disparatado, tan absurdo, tan mortífero, no dudan ni un segundo y, llevándose la mano al pecho y cantando el himno nacional, tiran por la ventana mil millones al día.

Ya se acercan al restaurante. Por la acera avanza la

sombra del presidente Herriot, que cojea mucho, que apoya en el bastón su cuerpo gigantesco, lleno de nebulosidades y tinieblas, retorcido, renqueante, que se balancea como se balancean ciertos pavos, y parece que masca algo, quizás es un diente en mal estado, un puente que se le ha aflojado. Y cuando, al final, entra en el restaurante y, después de varios pantagruélicos movimientos del tronco, encaja su enorme trasero entre los brazos del sillón, el viejo bisonte rumia.

Piden enseguida un kessler y admiran un momento el color amarillo limón del vino, observan los reflejos verde claro a la pálida luz que apenas les llega desde las ventanas más bien pequeñas de la sala. El presidente Herriot, al que esa sesión prudhommesca ha irritado, se lleva la copa a la nariz e intenta desesperadamente aspirar los aromas confitados, la nota de fruta amarilla, de membrillo, de ciruela mirabel, pero nada, el mal humor es más fuerte que la golosinería, la exasperación acaba con el placer de la mesa y se sopla la copa de veinte francos como si fuera un vulgar vino peleón. El camarero le recomienda la tarrina de fuagrás helado al oporto o los filetes de ternera con alcaparras, que acompañan muy bien a ese vino equilibrado, rico y suave. Pero a Herriot le da igual, hace un ademán irritado, pide el fuagrás para librarse del mozo y reserva, para los postres, un petisú de chocolate, ¡no vayan los colegas a zampárselo antes, como le ocurrió la semana anterior! El camarero se va sonriendo. A Herriot le duele la tripa, se desabrocha el cinturón debajo de la mesa; es que tiene ya setenta y ocho años, hace cuarenta y seis que rueda por consejos y asambleas y está harto. Sonríe vagamente a los demás comensales, los más jóvenes comentan los discursos de los colegas y recrean la batalla de Cao Bang a servilletazos y tenedorazos, pero a Herriot le importa un bledo Cao Bang, saca su pipa legendaria, mira con malicia desde lo alto de la pirámide de grasa que es y les dice dos o tres frases hechas con aire municipal, pues él es ante todo alcalde de Lyon y lo será siete años más; en total, casi medio siglo. Desde hace más de cuarenta y seis años —treinta y cinco años antes de la Segunda Guerra Mundial, y once años, diez meses y ocho días después de ella— vela por Lyon, por los tenderos del barrio de Saint-Jean y los rentistas discretos de la Presqu'île.

Parafraseando la separación de la Iglesia y del Estado, se dice que en él hay separación del cerebro y del estómago, separación del espíritu municipal y del cuerpo municipal. Y aunque ha pronunciado muchas sentencias justas y finas en su larga carrera de prelado, también ha dicho muchas tonterías en el Parlamento. Por ejemplo, en los debates que rodearon la creación de la Unión Francesa, dijo pomposamente: «Si diéramos igualdad de derechos a los pueblos coloniales, seríamos la colonia de nuestras colonias».

No queremos imaginar lo que supone ser alcalde

de Lyon tantos años. No queremos imaginar cuánta malicia, cuánto apretón de manos, cuánta habilidad, astucia, marrullería, cuánto adversario apuñalado supone eso; no, no queremos imaginar cuántos cadáveres deja tras de sí una persona como Édouard Herriot, cuánta carroña, cuántos compañeros sacrificados, cuántas carreras truncadas se necesitan para que solo un hombre, un hombre gordo como él, pueda subir los escalones de la alcaldía de Lyon e instalarse medio siglo en el trono.

Los diputados que lo acompañan siguen comentando la sesión, se ríen de fulanito, hablan de Cao Bang, de «los acontecimientos dramáticos», de «la situación de Indochina»; repiten lo que decía la prensa el día anterior. Gracias a Dios, llega el fuagrás. Herriot se lanza sobre él con el cuchillo de la mantequilla en su rolliza mano peluda y se lleva la mitad, nadie rechista. Su cara es de cansancio; por un momento, su mirada parece muerta, su respiración es pesada. Ya no queda mucho de Édouard Herriot en ese corpachón inerte; queda el cacique, el viejo jefe de la ciudad del Ródano. Lo demás está muerto.

Dupont des Loges entra en el restaurante y se dirige a una mesa cercana, saluda al presidente Herriot al pasar. A mediodía, en medio del bullicio que aumenta, Herriot no es de pronto más que un anciano cansado, flota en la nada. Pero la bestia sigue viva y alimentándose. Sabe que, cuando entra en un sitio, la gente se levanta. Sabe que las bestias jóvenes esperan su muerte y merodean en silencio a su alrededor, pero que, cuando termina de hablar y suelta un pequeño eructo, todos se levantan y aplauden. Sabe que habrá calles que llevarán su nombre. Sabe que harán su elogio fúnebre. Sabe que los aplausos, los saludos acompasados, las reverencias, son ese elogio fúnebre que ya ha empezado. Desde la punta de la mesa, Herriot abre un poco sus enormes párpados, se limpia los labios y la barbilla con ademán torpe. Su vida pública ya no es más que una soberana rutina.

La gran coalición

Lentamente, los diputados regresan del restaurante, la sesión se reanuda. El público vuelve a los palcos.

—¡Chis! ¡Pasen! —murmura el ujier, haciendo un ademán—. ¡Pasen!

La gente, como en la escuela, se sienta en la última fila.

—¡Allí! ¡Hala! ¡El presidente Herriot! Ya saben, el alcalde de Lyon... —explica uno.

—¡Lo reconozco! —dice una anciana señora—. Se lo ve más viejo que en las fotos...

En el hemiciclo, un hombre de tez morena toma la palabra, un árabe.

—¿Es diputado? —pregunta una joven, asombrada.

—Eso creo —responde el marido.

El árabe es cabileño y, sí, es diputado. Se llama Abderrahmane-Chérif Djemad y es diputado comunista por el departamento de Constantine. Hijo de un campesino emigrado a Francia, después de breves estudios fue albañil, cavador.

—¿Cuántos más argelinos, marroquíes, colonos, van a sufrir este horrible destino? —exclama, refiriéndose a las tropas coloniales que, en Indochina, forman en realidad el grueso de *nuestro ejército*. Su vehemencia suena extraña en la sala casi vacía.

Los lejanos rostros de algunos colegas presentes parecen flotar delante de él y el diputado por Constantine se siente cansado. Se sienta, tiene un nudo en la garganta. ¿Para qué hablar allí? Los discursos se suceden unos a otros como senderos de laberinto que no llevan a ningún sitio.

Las filas empezaban a llenarse. Los colegas conversaban. Venían del bar como invitados de una casa que pasaran tranquilamente del comedor al salón. Abderrahmane-Chérif Djemad tuvo la impresión de que en su espíritu se depositaba una fina capa de resentimiento, y lo embargó la tristeza.

Hubo un momento de indecisión en el hemiciclo. El grupo socialista se había reunido para tratar un punto de última hora y conferenciaba en voz baja. El presidente de la sesión parecía perdido en sus pensamientos. De pronto, Daniel Mayer se levantó de su banco, se abotonó firmemente la chaqueta y, en tono moderado, digno y moderado, declaró en nombre del grupo socialista que «la Asamblea debería ser unánime al saludar y honrar a los muertos, a todos los muertos sin excepción», respondiendo así a la dolorosa cuestión que acababa de plantear Djemad sobre las tropas coloniales. Y a continuación tributó *«un homenaje respetuoso y deferente* a los soldados que se baten allí bajo *los colores de Francia*». La luz es pálida. Los miembros del gobierno parecen de pronto muy viejos, horriblemente viejos. El discurso es un modelo en su género, desempeña muy bien su función de llamada a capítulo. Hace que los miembros de la gran coalición se unan al instante. Es la señal con la que se exige a todos una total adhesión, es decir, que todos aquellos que aspiren a participar en las decisiones, en el gobierno, a ocupar algún día altos cargos, deberán mostrar, aplaudiendo sin cesar y dando su aprobación inequívoca, que, en nombre de su grupo, en nombre del Parlamento, en nombre del orden social, están dispuestos a censurarse a sí mismos. En nombre de valores presuntamente honrosos, como el patriotismo, y disimulando otros intereses no escritos, pero que son un preámbulo implícito de todas las constituciones, los diputados deberán, ante las desagradables insinuaciones de Abderrahmane-Chérif Djemad, ante el destino innegable de las tropas coloniales, olvidar sus diferencias. Cuando oigan las palabras *homenaje, respeto, soldados,* todos deberán saber inmediatamente, sin más explicaciones, que han de sacrificar su libertad de expresión a una jerigonza incomprensible. Daniel Mayer está bastante contento del efecto logrado. Los aplausos de la izquierda, del centro y de la derecha confirman que su señal se ha oído y que el homenaje a los soldados queda aprobado por unanimidad. Las tropas coloniales de Abderrahmane-Chérif Djemad quedan ya muy lejos. Casi daría vértigo si no fueran verdaderos muertos, cadáveres de verdad.

Por último, cuando Mayer se sentó, cuando masticó, tragó y escupió dos o tres veces el capuchón de su pluma, una figura robusta, familiar, subió lentamente a la tribuna.

—Tiene la palabra su señoría Mendès France.

Un diputado

Se oyen toses a izquierda y a derecha, crujen los bancos, gime el cuero bajo las nalgas que se acomodan y el orador coloca ante sí su fajo de hojas muertas.

—Hoy —dice— hablo en nombre propio para afirmar que me parece peligroso no decirle la verdad al país.

Cuando oyó la palabra *verdad,* el presidente del Consejo, René Pleven, se irguió con aire de desaprobación silenciosa. Se corrió a los pasillos a llamar a los compañeros, se tocó a retreta. Se oyeron exclamaciones en la sala, pero enseguida se hizo el silencio. Mendès prosiguió su discurso.

Afirmó que, para conseguir nuestros objetivos en Indochina por medio de la fuerza, había que obtener rápidamente victorias decisivas. Su mirada dulce, pero resuelta, recorrió la sala, nadie rechistó. Y es que Mendès tiene el don de seguir la corriente profunda de sus pensamientos, habla despacio, con un lenguaje prudente, razonable. Para conseguir nuestros objetivos militares, añade, necesitamos tener el triple de efectivos sobre el terreno, lo que quiere decir: *el triple de préstamos*.

Así, paso a paso, llevaba la conciencia del auditorio a un terreno más racional que los oradores que lo habían precedido, como si sus opiniones personales no contaran. Como había hecho Pierre Cot por la mañana, pero con un lenguaje más articulado, menos polémico, Mendès avanzó sin precipitarse, sin hacer sentir en ningún momento a sus colegas que valía más que ellos. Su figura robusta hacía frente a la Asamblea, sólida, modesta. Pasaba despacio las páginas, levantaba a ratos la cara. Su rostro parecía destacarse sobre un fondo tenebroso.

—La verdad —prosiguió Mendès, con una expresión severa, casi triste—, en un momento en el que tantas otras preocupaciones nos abruman, es que no tenemos medios materiales para imponer en Indochina la solución militar que llevamos tanto tiempo persiguiendo.

La emoción fue de pronto muy viva. Incluso los más impenitentes, incluso los parlamentarios-toneles más coriáceos, los más soñolientos, aquellos a los que se creía muertos desde hacía varias sesiones, comprendieron que algo ocurría. Y, en efecto, Mendès pasó enseguida a hablar del famoso déficit presupuestario. Él es favorable a las medidas de austeridad, siempre lo ha sido, insiste, con una buena fe indudable, enarcando las cejas, como siempre hace, con aire atónito, sincero. Los políticos son expertos en toda clase de artimañas, desempeñan siempre, aunque normalmente muy mal, el mismo papel, pero la sinceridad impresiona, los desarma. Pues sí, es eso, se dicen: la guerra cuesta muy cara, demasiado.

Fue entonces cuando los diputados, abandonando un momento las consignas de partido, olvidando las intrigas, los tejemanejes de turno, volvieron a ser, por un breve instante, *personas*. Y dejaron de ser *razones sociales*. Las palabras de Mendès penetraron en los hombres, no porque hicieran un milagro, sino porque su carácter razonable, el tono franco y convincente con el que fueron dichas no podían dejar indiferente a ningún burgués. Mendès sabía hablarles, dirigirse a ellos en su lengua, entrar en el estrecho perímetro de sus intereses. Y quiso, aquel 19 de octubre, a las cuatro de la tarde, hacer que en ese perímetro entrara algo más grande.

Sin embargo, y pese al éxito indudable —y eso se notaba en los presentes, Mendès los había impresionado, había empleado las palabras justas, había sacudido la conciencia de aquellos notables—, pese a eso, Mendès debió de sentirse de pronto muy solo. Sabía que ese día no podría reunir una mayoría para su causa, debió de decirse que ya se conseguiría después y, con esa convicción, había escrito su discurso. Pero ahora, delante de la Asamblea, lo guiaba otro tipo de convicción, una fe más profunda, más oscura, que había salido de sus mismas palabras.

Un rostro es siempre una deformidad. Nuestras ideas nos desfiguran. Parecemos lo que somos. Sin embargo, dichas desde lo alto de lo que, con demasiado respeto o demasiada solemnidad, llamamos tribuna, unas palabras pueden romper de pronto esa normal concordancia con nosotros mismos. Imagino que entonces nuestro rostro nos refleja íntegramente, como si lo hubieran pintado, y que el pincel del maestro, sagaz, lúcido, movido por no sé qué ardor frenético, puede interrumpir por unos instantes, por un segundo, el diálogo narcisista al que todos nos entregamos, hasta lo más profundo de nuestra caverna, en medio de la pobre mentira que nos repetimos una y otra vez, sin público, eso sí, en silencio, solos y engañándonos siempre. Imagino que, por la fuerza de las circunstancias, del drama que de pronto nos une a los demás, violenta, tristemente, algo se rompe en lo que llamamos nuestra imagen y podemos ver de pronto, brutalmente, en un abrir y cerrar de ojos, la lucha tenaz, negada, reprimida, que libran ese pobre amor propio, enterrado, pero mantenido siempre en vida por nuestro egoísmo, y otra cosa que nos es extraña, que es del interés de todos y que antaño se llamó la verdad de la época.

Así, ese 19 de octubre de 1950, Mendès dio la campanada. Apareció su otra cara. Esa cara grave y como resquebrajada que desde entonces le conocemos. Esa cara de cejas alzadas, sumida en la duda, vulnerable. ¡Qué difícil es describir una cara, mezcla de carne y de pensamiento! Hay algo en la cara de Mendès que es a la vez tranquilizador e inquietante, frágil y cartesiano, vacilante y coriáceo, y que la hace atractiva. Y cuando alguien dice la verdad, es decir, tantea en la oscuridad, se nota.

Hubo entonces un temblor en todo el hemiciclo, como una oleada silenciosa. Las caras eran de sorpresa, de tensión. Había que evitar a toda costa el conflicto. Pero no hubo tiempo de reaccionar, Mendès había llegado al fin al momento culminante de su discurso:

—La otra solución —dijo, en un tono absolutamente desprovisto de agresividad— consiste en buscar un acuerdo político, un acuerdo, evidentemente, con quienes nos combaten.

Todos comprendieron enseguida lo que quería decir. La frase parecía lógica, afable, incluso respetuosa, pero encerraba algo que para la mayoría de los diputados era inadmisible. Mendès alzó de nuevo la mirada y observó a sus colegas. Algunos aún parecían debatirse: «Negociar con el Viet Minh es una línea roja que jamás traspasaremos», pensaban. En su bancada, el gobierno se agitaba. Y, bruscamente, Mendès sintió que palidecía, que iba a desmayarse. Paso a paso, a lo largo de su discurso, se había alejado de la posición de su partido, de la posición de la inmensa mayoría de la Asamblea, incluso de su propia posición, de toda su política anterior, de la de su entorno, de la de su clase social, de la de la gran coalición a la que, sin decírselo, pertenecía, la que había de permitirle ocupar algún día el cargo que merecía, el cargo que todo el mundo, por cierto, coincidía en que ocuparía, y que era el más importante, el de presidente del Consejo; y sintió de pronto en su ser como un vacío, una brecha entre lo que podía ser y lo que era, entre lo que esperaba ser y lo que sería, entre lo que creía y lo que había defendido, entre los suyos y él mismo; y la conciencia de lo que acababa de decir lo invadió entonces por completo, supo que no tendría que haberlo dicho, que era lo último que debía decirse, que lo había dicho, cierto es, hábilmente, con moderación, con buenas formas, sin pronunciar nombres que molestaran, sin hablar ni de colonialismo, como había hecho Pierre Cot por la mañana, ni del Viet Minh, ni de Ho Chi Minh, y recordando incluso con respeto a *nuestros* soldados, a *nuestro* ejército, el desastre de Cao Bang, en un tono, después de todo, no muy diferente del que había empleado Daniel Mayer, en un tono que no habría disgustado al viejo Herriot, pero lo había dicho; había adoptado así una postura nueva, radicalmente aislada; y enseguida supo que no habría podido decir otra cosa.

Alzó la cara. Miró al hemiciclo. Y su rostro se agrandó. Le pareció que, a veces, la expresión «elegido del pueblo» significaba algo.

Cómo nuestras gloriosas batallas se transforman en sociedades anónimas

Parecerá curioso, pero no había, ni hubo nunca, ningún colono francés establecido en Cao Bang, ni barrios, ni vida social europea, ni comerciantes emprendedores, ni hosteleros audaces, ni pioneros de nada, nadie. Como, por cierto, tampoco había, ni hubo nunca, ningún europeo en Dong Khe, Lang Son, Mao Khe ni Lung Phai. La Société des Mines d'Étain de Cao Bang se fundó en 1905 y, para funcionar, no necesitaba más que algunos ingenieros, capataces europeos, nada más, y, para protegerse, le hacía falta un puesto militar. En 1911, parece que esta compañía fue absorbida por Étains et Wolfram du Tonkin. Esta sociedad anónima, con un capital de tres millones ochocientos mil francos, tiene, como todas las personas morales, lo que llamamos una sede, un domicilio jurídico, que está lejísimos del Alto Tonkín y de Cao Bang —aunque no lejos del palacio Borbón—, sito en el bulevar Haussmann, distrito VIII de París, a dos pasos del Banco de Indochina, que tenía muchos intereses puestos en el negocio. Diez años después, su capital es de siete millones; doce años después, de veinticuatro, y poco antes de la guerra mundial, de treinta y seis millones, unas cifras que marean. El ejército, pues, no combate por una simple avanzadilla perdida en la selva, ni por algunos colonos franceses dispersos; y deberíamos, para ser precisos, rebautizar la *batalla de Cao Bang*, por la que se pelea el Parlamento, *batalla por la sociedad anónima de Mines d'Étain de Cao Bang;* esto le conferiría su verdadera importancia.

Pero no es la batalla de Cao Bang la única que debería llevar el nombre de unas minas. La batalla de Mao Khe, que se librará unos meses después, en marzo de 1951, también podría rebautizarse. Podría llamarse *batalla por la Société Française des Charbonnages du Tonkin*, y en lugar del cuerpo a cuerpo sangriento que describen nuestros libros, deberíamos también relatar, en un registro menos novelesco, pero en el fondo más trágico, cómo los cuatrocientos hombres de tropa, reforzados por el sexto batallón de paracaidistas coloniales, tres destructores, dos lanchas de desembarco y los bombarderos y cazas que finalmente intervinieron, respondieron al llamamiento desesperado que les habían lanzado desde París, a una escala invisible para nosotros, y por un juego de ecos delicado, las veinte mil hectáreas por las que se extendía la explotación hullera de Mao Khe, que entonces se repartían 78.760 acciones. Y, enlazando a Homero con la economía de mercado, podríamos cantar los 393 millones de capital que defendieron valientemente los bombarderos B-26 y los cazas Hellcat, pues fue hacia allí, hacia la mina de carbón, hacia donde, sin error posible, lanzó su ataque el Viet Minh.

En cuanto a la batalla de Ninh Binh, acaecida tres meses después, contentémonos con celebrar sin énfasis la intrépida *batalla por la sociedad anónima de Charbonnages de Ninh Binh*. Y la de Hoa Binh, de diciembre de 1951, ¿no tiene también un capital y una cifra de negocios? ¿No podríamos rebautizarla también *batalla por la sociedad anónima de Gisements Aurifères de Hoa Binh?* Entenderíamos mejor el furor de los combates. Y la famosa batalla de Dong Trieu, ¿no la libraron al mismo tiempo el cuerpo expedicionario francés y la cámara de comercio del Sena? Y los cincuenta y un muertos del sexto batallón de paracaidistas coloniales, ¿se sacrificaron por Francia o por el señor Pierre-Charles Bastid, miembro del consejo de administración de Charbonnages, director general de Étains et Wolfram du Tonkin, director general de Étains de Pia-Ouac, ingeniero consultor del Banco de Indochina, administrador de Établissements Eiffel y de Mines d'Or d'Outre-mer? ¿No combatieron más bien por él? Y los verdaderos generales de esta batalla, ¿de verdad se llaman Jean de Lattre de Tassigny y Raoul Salan?, ¿o se llaman Varenne, Étienne, Bastid y Moreau-Defarges, miembros del consejo de administración de Charbonnages?, ¿y no deberíamos, pues, llamarla *batalla por la sociedad anónima de Charbonnages de Dong Trieu,* cuya cuenta número 38056 se halla, como sin duda todas las demás, en el Banco de Indochina, bulevar Haussmann, número 96, París? Y así es como nuestras heroicas batallas se transforman una tras otra en sociedades anónimas.

El caudillo del Eure y Loir

La sesión continuó hasta las siete de la tarde, se levantó, se reanudó a las nueve y hasta las diez no pasó nada, absolutamente nada. Claro está, los comunistas y el conjunto de los demás diputados se abroncaron generosamente, pero en realidad no pasó nada notable; era un comienzo de velada normal. Cuando la impresión penosa pasó, cuando los argumentos de Mendès se evaporaron bajo la gran vidriera, los diputados se conformaron con ir y venir del banco al bar y, después de beberse un Martini, dejarse llevar por un compañero al hemiciclo, donde seguían charlando en voz baja.

De pronto, hacia las diez y diez, Maurice Viollette tomó la palabra. Se había apuntado al debate general y le tocaba el turno. Era sin duda la principal figura política del departamento del Eure y Loir del siglo XX, lo que es a la vez decir mucho y poco. El hombre que, ese 19 de octubre, se pone en pie, encarna superlativamente el Eure y Loir, pedazo de Beauce y brizna de Perche, hecho de industria, trigo y ganado. Alcalde de Dreux durante cincuenta años, reina sobre su departamento, es un Carlomagno de pacotilla, el caudillo de Orgères-en-Bauce, el gran hombre de Châteaudun. Cuando levanta su cuerpo a la vez enjuto y pesado, ese cuerpo extraño de los viejos, Maurice Viollette tiene ochenta años. Era ya diputado en 1902. Fue ministro de Aprovisionamiento durante la Primera Guerra Mundial y gobernador general de Argelia bajo el Cartel de la Izquierda. Es, pues, una autoridad, ¿qué digo?, un monumento, quien saca fuerzas de flaqueza y se levanta de su asiento a las diez y diez de la noche del 19 de octubre de 1950. Pero aún hay que ponerle cara a esta descripción sumaria, colocar una cabeza sobre el traje. Maurice Viollette no tenía, ni mucho menos, la cara que su apellido indica; vamos, que entre su nombre y su rostro el divorcio es total. Tan gentil, dulce, incluso gracioso es su apellido —Viollette—, como repelente, severo, casi malvado es su rostro.

Maurice Viollette estaba de pie, ya su manera de ser imponía silencio. Era entonces lo que, con lenguaje ampuloso, llamamos una autoridad moral. Su discurso iba dirigido a Pierre Mendès France, tenía por objeto arruinar el efecto que Mendès había producido, lavar la afrenta.

—El día en que nuestros combatientes de Indochina sepan que nos hemos acercado a su enemigo —declaró el patriarca en un tono teñido de gravedad—, el día en que sepan que pensamos negociar una especie de armisticio como el de 1940, el arma se les caerá de las manos. —Y añadió, enfatizando la frase—: ¡No, os lo ruego!

El centro y la derecha lo ovacionaron, y en varios bancos de la izquierda hubo aplausos.

Hay un momento en política en el que todas las convicciones encallan, en el que las buenas intenciones naufragan. Poco importa que hayamos sido un administrador colonial *progresista,* como lo fue un tiempo Maurice Viollette; poco importa que defendiéramos los derechos humanos, que nos preocupáramos por la suerte de los indígenas; poco importa que leguemos trescientos mil francos a nuestra ciudad natal, para que su rendimiento se reparta todos los años entre las familias necesitadas del cantón; poco importa que hayamos donado nuestra mansión a nuestra querida ciudad de Dreux; poco importa que hayamos redactado esos breves codicilos en nuestro jardín de invierno, entre un clavero y un aguacate moribundo, y poco importa también que hayamos regalado un reloj de péndulo de Barbedienne, de mármol rojo y de bronce, a esta o aquella organización benéfica; poco importa que todo eso haya amueblado nuestra habitación de Janville, nuestra mansión de Dreux o decorado la sala de espera de nuestro despacho de Chartres, lo esencial reside en el perfecto ajuste de todo, lo esencial es lo que hay a uno y otro lado de los apliques de nuestro salón, entre las cabezas de león con aro al cuello.

Nuestra vajilla, la calidad de nuestra cubertería, de nuestros servilleteros y nuestras cubiteras hablan de nosotros tanto como nuestras opiniones. Somos lo que poseemos. Y este gran hecho de poseer nos lleva lejos, muy lejos. Hasta el punto de que hay que escuchar las palabras de Maurice Viollette otra vez para ver lo violentas que son: «El día en que nuestros combatientes de Indochina sepan que nos hemos acercado a su enemigo, el día en que sepan que pensamos negociar una especie de armisticio como el de 1940, el arma se les caerá de las manos».

Lo importante aquí no es que se desanimen los soldados, la mayoría de ellos procede del norte de África, como ha recordado hace un momento Chérif Djemad, son tropas coloniales y sin duda no es el amor a la patria lo que los ha llevado a Indochina. Lo importante está en una analogía. Maurice Viollette hace una comparación. Valora la postura de Pierre Mendès France con respecto al pasado, evalúa la propuesta de Mendès relacionándola con otro acontecimiento: junio de 1940.

Así, subrepticiamente, identifica a Pierre Mendès France con los partidarios del armisticio, con Laval, con Pétain. ¡Qué extraño! ¡Qué comparación curiosa, desagradable! Los que aplauden a izquierda y a derecha no parecen darse cuenta. Frédéric-Dupont, al que las libaciones hechas en el bar han puesto colorado, está feliz. Halla sin duda normal que se compare el punto de vista de Mendès con el derrotismo de junio de 1940, como hará también Edmond Michelet dos horas después, renovando el anatema. Michelet aprovechará, por cierto, su turno de palabra para atacar a los socialistas y llamarlos también al orden. Después de todo, si Mendès se quedara solo en el papel de centinela moral, la cosa no sería tan grave, pero amenaza con hacer cambiar de postura al grupo socialista, y entonces lo que se vendría abajo sería la gran coalición.

Edmond Michelet:

—La actitud de Mendès France, que, lo repito, el grupo socialista ha aprobado, es la de abandonar, la de Vichy, en última instancia.

Protestas a izquierda y en el centro.

El presidente:

—Orden, orden, señorías.

Edmond Michelet:

—Hay que decir las cosas como son. —Más protestas—. Y yo digo que, hoy, toda política de capitulación en Indochina sería como la de Vichy.

Oscurece. Mendès escucha sin inmutarse. Acepta. Pero, en su interior, detrás de su pudor real, de su compostura, una chispa debió de encenderse en la ceniza. Quizás se acordó del catálogo de la exposición antijudía que *L'Illustration* organizó en 1941 en el palacio Berlitz, en el que él, que estaba huido, se alojaba con un nombre falso, se caracterizaba, se ponía un bigote postizo, se vestía con un viejo traje raído y gastaba boina, descubrió con estupor, entre los maniquíes expuestos, que encarnaba *al Judío*. Desde luego, capitular es siempre *Múnich* o *Vichy,* lugar común de la retórica tribunicia, pero, en este caso, dirigida a Mendès, cuya vida estuvo amenazada como político y como Judío, esta acusación es humillante. Por eso, cuando Edmond Michelet recuerda Vichy y lo señala, en plena Asamblea, tranquilamente, seguro del derecho que tiene y quizás del efecto que produce, comparando insidiosamente su posición política con el régimen de Pétain, traza un paralelismo impropio, indecente, equipara a Mendès con quienes trataron de matarlo.

*

Nuestros libros de texto definen la IV República francesa como inestable, repitiendo la tesis gaulliana, sin preguntarse por lo que en realidad fue. Sin embargo, y a pesar del baile de gobiernos, si nos fijamos bien vemos que domina una rabiosa continuidad. Los gobiernos de la IV República son endogámicos, es como si removiéramos siempre los mismos papelitos en el mismo cucurucho. Así, Bidault será ministro de Asuntos Exteriores de los gobiernos Ramadier I, II, del gobierno Schuman I, luego será presidente del Consejo y vicepresidente del Consejo de los gobiernos Queuille II, III, de Pleven II, de Edgar Faure I, nuevamente ministro de Asuntos Exteriores de Mayer I y, por último, de Laniel I, con lo que, pese a la aparente discontinuidad, habrá sido, durante un periodo de siete años, miembro del gobierno casi cinco. Y lo mismo ocurre con todos, Teitgen, Faure, Pleven, Mayer; podríamos seguir sus nombramientos más o menos prestigiosos en el seno del edificio gubernamental, como si sus discrepancias, sus oposiciones, ardientemente escenificadas a diario, no fueran en realidad más que variaciones menores de una misma concepción; como si la república no fuera para ellos más que una combinación limitada de opiniones, y los destinara así a los más altos cargos, solidarios, inmutables, la eternidad en el corazón del tiempo.

En cuanto al nombre de los gobiernos, diríase una lista de faraones: Schuman I, Schuman II, Queuille I, Bidault II, Bidault III, Queuille II. Y bajo Queuille I, Edgar Faure está en Hacienda, Jules Moch en Interior, Schuman en Asuntos Exteriores, Ramadier en Defensa; y bajo Bidault II, Queuille es vicepresidente del Consejo, Schuman sigue en Asuntos Exteriores, Jules Moch en Interior, Edgar Faure en Hacienda y René Mayer en Justicia. Y así podríamos seguir durante horas, horas en las que desfilarían los diez o quince miembros del club de presidentes del Consejo como el zodiaco en el cielo.

Y si nos fijamos en esta inmensa estabilidad, en este inmenso edificio que es el poder, en esta inmensa comunidad de tópicos, de intereses y de carreras, los discursos chirriantes de Maurice Viollette y de Edmond Michelet adquieren de pronto un significado más amplio, dejan de ser simples faltas de delicadeza, efectos de retóricas aisladas, indignantes o torpes. Porque Viollette es un radical, como Mendès; fue ministro del Frente Popular, como él, y por eso sorprende la virulencia de su ataque. Y encima, dos horas después, retoma ese ataque Michelet, que fue miembro de la Resistencia, como Mendès, no dudó en salvar judíos en la guerra, proporcionándoles documentos falsos, y fue deportado a Dachau. Si nos quedamos con los protagonistas, si nos conformamos con mirar a cada uno a los ojos, no entendemos nada. Para comprender lo que pasa, hay que mirar desde más lejos, hay que observar el edificio entero, escrutar esa cosa espesa, masiva, alegórica, que es el palacio Borbón.

Las piedras son frías. La República permanece sabiamente en su nicho de mármol. Las palomas duermen en los frisos. Ante los grupos de estatuas, unos cordones rojos impiden acercarse, defienden el patrimonio. Todo está limpio, pulido. Los legisladores antiguos están en las cuatro esquinas de la sala, detrás de los guardianes. Todas las mañanas, una cuadrilla de empleados de la limpieza quita el polvo del cuello de Jaurès, lava los labios de Albert de Mun, abrillanta los zapatos de piedra. Por eso, ese 19 de octubre de 1950, acaso no sea propiamente Viollette quien quiere intimidar a Mendès, acaso no sea Michelet quien pronuncia esas palabras ofensivas; es la estabilidad misma del edificio quien los toma por portavoces, es el régimen político mismo el que se dirige a Mendès por boca de ellos, hace que eleven la voz y pronuncien esas palabras extrañas, amenazadoras.

Maurice Viollette es viejo, terriblemente viejo, parece consumido bajo la tenue luz de la inmensa vidriera. Ante esa multitud de rostros que aprueban, Viollette es como pluma al viento, como paja en la marea, se deja llevar por la simpatía que le manifiestan. Hay diputados que se levantan para aplaudirle. No es como con Juge, esa mañana, ni como con Chérif Djemad, al que nadie escuchaba, ahora todos están atentos, Frédéric-Dupont está feliz, Max Brusset está feliz, el hemiciclo pende de sus labios. Y entonces Maurice Viollette se libera del pasado, olvida la cara de Blum, olvida a la vez la dulzura y la determinación de Léon

Blum, todo eso se borra con los ánimos de sus compañeros, olvida las injurias sufridas, olvida los gritos de odio: «¡Muerte a Blum! ¡Blum al patíbulo!», olvida a los canallas que, el 13 de febrero de 1936, atacaron al futuro presidente del Consejo a la salida de la Asamblea, se lanzaron contra el coche en el que iba, arrancaron un faro, rompieron la luna trasera y golpearon en la cabeza a Léon Blum, que enseguida quedó cubierto de sangre; olvida las vacaciones pagadas, las subidas de salario que antaño defendió, la jubilación de los mineros, su apoyo a los republicanos españoles, olvida incluso esa ofensa curiosa que le hicieron un tiempo, ese insulto de preguerra: *antifrancés;* y, con una especie de embriaguez extraña, olvidando la penosa impresión que acababa de tener, expulsando de su memoria el rostro de Blum, la sonrisa triste y profundamente inteligente de Léon Blum, que recordó una última vez en el momento de decidir decir lo que iba a decir, cual señal indulgente, fraternal de lo mejor que había hecho, olvidando a los hijos que no tuvo, las ternuras que no recibió, las personas a las que amó, los desconocidos a los que ayudó, sintió una rigidez desagradable de todo su ser y prosiguió su arenga con más fuerza:

—Decimos, sin dudarlo: ¡guerra! —exclama el anciano con un vigor inesperado—. ¡Pero cuidado, por evitar una guerra, vais a provocarla en todas partes! —ruge—. Si cometéis el error de emprender negociaciones, o sea, de rendiros a Ho Chi Minh, mañana habrá que rendirse en Madagascar, en Túnez, en Argelia y, llegado el caso —truena ante la sala electrizada—, seguramente habrá quien diga que, después de todo, a Francia le basta con la frontera de los Vosgos. Cuando uno va de rendición en rendición, va a la catástrofe y aun al deshonor. —Numerosos bancos muestran su apoyo con nutridos aplausos. Las lenguas se inflaman, los ánimos se excitan, las buenas maneras se disuelven como una pastilla de jabón. Y Viollette termina su discurso con una advertencia espantosa, casi fantástica—: Cualquier flaqueza nuestra acarreará la ruina del país.

Esta vez, los aplausos son vivos, prolongados; tanto a derecha y en el centro como a izquierda. Es un éxito, la obra de teatro debería funcionar; y, en efecto, estará en cartelera cuatro años más.

Meet the Press

Todos los días leemos una página del libro de nuestra vida, pero no es la buena. Y, todos los días, volvemos a empezar. Así, tras el desastre de Cao Bang, y como si un militar de prestigio pudiera cambiar el curso de las cosas, nombraron a De Lattre de Tassigny alto comisario y comandante en jefe de Indochina. Llega a Saigón a principios de diciembre, pone rápidamente a punto el ejército nacional vietnamita y obtiene con él efímeras victorias a golpe de concentraciones inéditas de tropas y bombardeos con napalm, cuyo uso masivo será uno de los primeros en hacer.

Y luego se recorrió el mundo defendiendo la causa de Indochina, la del mundo libre. Vio a Truman en Washington, al Papa en Roma. Pero el momento culminante de su gira no es ni la media hora en la Casa Blanca ni su visita al Vaticano; es su participación realmente curiosa en un programa televisivo de gran audiencia de la NBC: *Meet the Press*.

Con tacto, amabilidad y un francés impecable, Henry Cabot Lodge conduce a De Lattre hasta el estudio. El general le confiesa su nerviosismo, ¡su inglés es muy malo y, además, nunca ha salido en la tele! Cabot lo tranquiliza, los periodistas irán con cuidado, la reputación de tribunal que tiene el programa se exagera mucho. Habrá preguntas que parecerán bruscas al espectador, pero ¿no le han asegurado que no se saldrán del guion de sus intervenciones anteriores? Es verdad. De Lattre suspira. Le presentan a los maquilladores, estrecha manos sin darse cuenta y se deja caer en un inmenso sillón de piel de imitación. Una ayudante gira la rueda y el sillón se eleva, se eleva. De Lattre reclina la cabeza, cierra los ojos. Ya no hay nadie. El ruido cesa. Ni Cabot Lodge está ya. De Lattre abandona los brazos a los anchos reposabrazos, la cabeza se le cae hacia atrás. ¡Mi general! De pronto tiene la impresión de ir vestido de paja, ¡qué calor hace! ¡El sol, Dios mío, el sol! Abre un ojo, se halla ante una fantástica fila de luces de neón, la maquilladora lo mira, está poniéndole un collarín de clínex.

De pronto, la presentadora estrella de *Meet the Press*, Martha Rountree, entra en el camerino. Dice unas palabras de bienvenida que De Lattre no entiende. Se las traducen, aunque eran en francés, la mujer había hecho el esfuerzo de aprenderse una fórmula de cortesía. El general intenta levantarse demasiado rápido y casi se cae del sillón; una vez de pie, repite a cada momento: *«I am very pleased to be here»*, meneando la cabeza maquinalmente. Su rigidez resulta lamentable al lado de la desenvoltura de la presentadora estadounidense. Por fin, después de varias muestras de cortesía mudas, Miss Rountree conduce a De Lattre al plató y le invita amablemente a tomar asiento a su lado. Presentación.

Bajo los focos, ante los invitados, De Lattre siente de pronto que desfallece, le duele la tripa, el pantalón le aprieta, se ajusta nerviosamente la corbata. Cabot le ha dicho que el programa podía reunir a más de diez millones de telespectadores y que, por influencia del Pentágono, sin duda lo retransmitirían unas cuarenta cadenas de televisión. Ahora, esa excelente noticia le da miedo, ¡cuarenta cadenas!

Miss Rountree:

—Buenos días, damas y caballeros, miembros de la prensa. Hoy tenemos a un invitado muy especial, el general De Lattre. Me alegro de que nos acompañe el senador Lodge, porque mi francés no es muy bueno. —Tras esta amable introducción, Martha Rountree, la despiadada Martha Rountree, con una voz que representa perfectamente el éxito, la racionalidad, la falsa transparencia del periodismo, de su idioma claro y sutil, añade, sin transiciones superfluas—: Doy ya la palabra al señor Spivak para que haga la primera pregunta.

Spivak:

—General, sé que no viene usted a Estados Unidos en viaje de placer. ¿Espera alguna ayuda nuestra para su guerra en Indochina?

La pregunta es directa. El general se queda bruscamente sin saliva. Aun así, pese a que los labios se le pegan a los dientes, pese a que se le hace un nudo en la garganta y la angustia le oprime atrozmente el vientre, De Lattre contesta:

—*I shall answer in one minute. But before will you allow me to say something? My english is poor, very poor.* —Pero la transcripción de las palabras que pronuncia entonces no da idea de su vértigo. Hay que verlo y oírlo. Con una voz entrecortada, De Lattre balbuce agitándose—: *You know, I came here in the spirit of a Chief, military chief, was as I told you, the responsibility of the great battle...*

Y aquí... puntos suspensivos, De Lattre se hunde en la arena de las palabras, no se le entiende nada y, aunque mueve los brazos y toma una actitud lo más pugnaz que puede, sus palabras no quieren decir nada, y así continúa otro poco, disparado, totalmente perdido en ese idioma extranjero, a mil leguas de cualquier significado claro, chapoteando en el océano primordial de los significantes.

Por fin, De Lattre se sobrepone, recuerda la frase, una de las únicas cosas importantes que debe decir, aunque sea en medio del peor galimatías, esa frase que sus consejeros le han hecho repetir, repetir una y otra vez, que Cabot Lodge le ha enseñado a pronunciar con el acento menos desastroso posible, para que no la olvide en el plató de televisión. Y de repente la recuerda, poco importa que no sea el momento adecuado, más vale decirla cuando sea que olvidarla. Así, adelantando los puños, marcando bien las palabras, De Lattre declama:

—*I did not come to ask American soldiers.*

Los espectadores estadounidenses debieron de quedarse estupefactos. ¡Era una broma, una farsa! Incluso el volapuk lo hablan unas veinte personas en el mundo, pero el inglés de De Lattre solo tiene un hablante, el propio general. Y esto es lo que les dice en directo a diez millones de estadounidenses, traducido: «Sepan que vengo con el espíritu de un jefe, jefe militar, como les digo, la responsabilidad de la gran batalla, la responsabilidad del destino y de la vida de sus súbditos». ¡Qué prodigiosa jerigonza! Es maravilloso el vértigo del sinsentido. De pronto es la Historia en persona la que habla, con su galillo en forma de péndulo y sus dientes que desgarran. Con todo, el espectador, ayudado por los innumerables comentaristas, se quedará con lo esencial, a saber, que De Lattre no ha ido a pedir soldados estadounidenses sino material. ¡Qué simpático es este general Tapioca de voz desabrida, que no viene a llevarse a nuestros hijos!

La entrevista sigue, las manecillas giran y Spivak se inclina hacia delante con un movimiento enérgico, como si fuera a hacer exactamente *la* pregunta que nosotros queríamos hacer. Spivak es bueno, muy bueno, sabe perfectamente dar la impresión de que va a ser directo, de que no va a andarse con chiquitas, y la especie de retraimiento que vemos en su mirada parece una muestra de imparcialidad:

—¿Puede usted decirnos qué importancia tiene Indochina para los estadounidenses?

Como de costumbre, la pregunta es un poco brusca, pero en realidad está hecha a medida. Se diría que la ha redactado el servicio de comunicación del ejército. Y, sin embargo, De Lattre se lía, no sabe qué decir. En ese momento, cualquier palabra valdría, una palabrita olvidada, una sacudida incluso, un suspiro. De Lattre avanza por el desierto del lenguaje, en medio de la arena de las palabras y el viento del sentido. Ha caído en una especie de tempestad sorda. Ni un ruido. ¿Dónde están las fórmulas que Cabot Lodge le ha enseñado, laboriosamente enseñado, y le ha hecho repetir una última vez, en la puerta del baño, hace un momento? Buscándolas desesperadamente por el cráneo, se pasa la mano por el pelo, pero la laca es muy densa y el cabello está pringoso. Entonces, como si saliera bruscamente del agua, el general toma aliento y añade:

—Indochina es la clave del sudeste asiático y está cercada...

Uf. La idea está casi clara. Los periodistas están aliviados. Apenas se han felicitado secretamente por haber vuelto a lo que es normal en un programa de gran audiencia, cuando de nuevo el general se enreda. ¡¿Por qué tendrá que seguir hablando, si es suficiente?! Spivak quiere ayudarlo, pero no puede hacer su número de prestidigitador solo, se vería demasiado, sería demasiado acrobático, necesita un compañero, y entonces interviene Cabot Lodge. Su papel es práctico, neutro, parece que está ahí para servir, como si no tuviera otro interés en el asunto que ayudar a un viejo amigo y hacer de intérprete en los platós de televisión.

Así, como si pidiera una explicación necesaria, como si hablara en nombre de quienes aún no disponen de información suficiente y desean, con la mayor buena fe, saber más, Cabot Lodge pregunta a su viejo colega:

—¿Piensa usted que, si Indochina cae, todo el sudeste asiático está perdido?

De Lattre:

—Sí, lo pienso. Si quiere, puedo explicar por qué.

Ni hablar. Los tramoyistas ejecutan su ballet en silencio, dan saltitos entre las lianas, avanzan de puntillas. Y, sin dudarlo, Spivak tercia de nuevo, se ajusta su bonita corbata a rayas y le lanza también un salvavidas a De Lattre:

—¿Piensa usted que es tan importante para nosotros como Corea, por ejemplo?

Y entonces el general, aunque sea torpe, vertiginosamente torpe, consigue aun así agarrarse a ese cable tan gordo que le echan; además, ¿no han ensayado el número él y Cabot?

De Lattre:

—No solo creo que hay un paralelismo entre Corea e Indochina —declara de pronto, con aire docto—. Es exactamente lo mismo. —De Lattre sí se sabe esto, podrá pronunciar unas palabras fáciles pero cargadas de sentido. Hace grandes gestos extraños, de una elocuencia lírica algo rígida—: En Corea —añade, seguro del efecto que va a causar—, ustedes luchan contra los comunistas. En Indochina, nosotros luchamos contra los comunistas. —A veces, las comparaciones más simples son las más impresionantes—. La guerra de Corea, la guerra de Indochina, es la misma guerra. —Toma.

*

¡Dios, qué largo es un programa de televisión! ¡Y qué calor hace en los estudios de la NBC! ¡Y esos técnicos que no paran de moverse, ¿no pueden estarse quietos?! De Lattre está tenso, espantosamente tenso. Las bombillas queman. Los focos van y vienen como luces errantes.

Por fin, McDaniel toma el relevo de las preguntas. Se dirige al general con dulzura, pero su pregunta es un poco más penosa de lo previsto:

—Hace un año o dos, la guerra de Indochina, según se decía, no era muy popular en su propio país...

General De Lattre:

—Le contestaré muy claramente. Mire usted: en este momento libramos una guerra en Indochina que no es de ningún interés material para mi país. Les hemos dado su independencia a las naciones asociadas y le digo con toda mi honradez que esa independencia no es una palabra, sino un hecho real.

Ya está, De Lattre ha logrado colocar esa palabra esencial: *independencia*. Y sin que haya habido necesidad de pronunciar la expresión *guerra colonial*. A la ocasión la pintan calva: el senador Lodge la aprovecha y, con su voz más clara, con su voz más dulce, reformula con apariencia de pregunta lo esencial de lo que el general ha dicho, el mensaje con el que los espectadores deben quedarse, y con una voz firme, pero altiva, la voz de los Cabot, aunque desprovista, mediante una operación muy delicada, de su timbre característico, pregunta: «Los Estados de Indochina son ahora independientes, ¿es eso lo que quiere decir?».

Los Cabot están hechos para eso; desde que sus antepasados ganaron pasta suficiente para no dar ni palo en cien generaciones y se sentaron de una vez para siempre en un sillón cómodo, desde que forman parte de la alta sociedad, parlotean. Y hay que oír a Henry Cabot Lodge perorar en las Naciones Unidas para saber lo que es un idioma prepotente, característico, para ver hasta qué punto el francés del pobre De Lattre, pero también el nuestro, y el español, y el ruso, y hasta el chino, no son ya más que idiomas folclóricos, dialectos que la voz superiormente cálida y helada de los Cabot ha rebajado al rango de fenómenos locales, provinciales.

Entonces, y como consumada profesional que es, Martha Rountree cambia de tono y, con una nota patética, breve, pero eficaz, le espeta al general:

—A su propio hijo lo han matado, general.

—Sí —contesta De Lattre.

—Hace muy poco, ¿no?

—La noche del 30 de mayo.

La lluvia resbala por los cristales. La lluvia de Saigón. La lluvia. Ahora el general está solo en una barquichuela que se pudre junto a la orilla. La bruma invade el estudio, el vaho resbala por los focos. De Lattre fija la vista en un punto invisible. Pero el programa continúa. Exponen la vida privada y luego la guardan como si fuera un trozo de queso. Y las preguntas se suceden, y De Lattre responde, se pierde, responde, se adentra en el idioma inglés como en una selva tropical. Por fin, y a propósito del desarrollo del ejército vietnamita, Cabot lo acorrala amablemente, le pide que, en su papel de jefe militar, sobreactúe, trata de realzar su carácter viril, que, sin eso, acabaría por cansar:

—¿Dice usted que son buenos soldados y que podría hacer de esos nativos unos paracaidistas?

—¿Unos paracaidistas? —exclama De Lattre—. Creo que no hay juventud en el mundo tan dispuesta a convertirse rápidamente en paracaidistas.

Pero, después de chapurrear este elogio insulso, no puede evitar hacer un mal chiste sobre el tamaño de los indochinos, que, demasiado livianos, tardarían mucho en llegar al suelo. Esto es como entreabrir la puerta, dejar ver el racismo típico del ejército, y recordamos esa nota que escribió tres años antes, después de leer un informe de su viejo colega el general Valluy, en la que decía: «Está el problema indochino (laosiano, camboyano)... débil, muy diferente del de esos monitos que son los anamitas».

Tras otra tanda de preguntas, el programa terminó. Miss Rountree interrumpió al general en el momento justo, en un momento concluyente, a pesar de él. Dio muy educadamente las gracias a De Lattre y al senador Cabot y felicitó al general por su inglés.

Una salida honrosa

Así, la guerra, con su letanía de violencias, duraba desde el principio mismo de nuestra conquista, tan mal se acostumbran los pueblos a que los sometan. Pero, a partir de 1945, habiendo declinado el poder francés, fue cada vez más difícil mantenerse y, tras el desastre de Cao Bang, la suerte de la colonia parecía echada. La guerra costaba decididamente muy cara. La opinión pública se cansó. Las escasas victorias que De Lattre obtuvo requirieron una movilización excepcional para un resultado irrisorio. Y encima De Lattre murió, hubo que buscar otra cosa. Pero la expresión que más se oía, la réplica que se usaba a menudo, la cantinela que se repetía sin cesar, lo que hoy llamaríamos un eslogan, era la esperanza de *una salida honrosa*. Solo que daba mucho fastidio. Llevábamos ocho años con la matraca de la responsabilidad. Adoptamos, pues, una vez más, una actitud de lo más solemne, pues para aquella tarea difícil, relanzar la guerra para acabarla y reconquistar Indochina antes de abandonarla, había que encontrar a alguien. Siete comandantes en jefe se habían sucedido ya: el gran Leclerc, Valluy, Salan, en funciones, Blaizot, Carpentier, De Lattre y de nuevo Salan, en funciones. Se nombró, pues, a un octavo: el general Henri Navarre. Lo nombraron para que hallara una solución imposible de hallar, en un cargo que ya nadie quería.

Henri Navarre era una persona cultivada, de carácter tajante, segura de sí misma y fría, según se dice. Su madre estaba emparentada, por un lado, con Murat y, por el otro, con refinadores de azúcar del departamento de Calvados que se habían hecho ricos. Esta dinastía burguesa había sido, sucesivamente, republicana moderada durante la República, conservadora durante el Segundo Imperio y, a la caída de este, había apoyado a Ferry. Se dice que poseyeron unos cuarenta inmuebles en París y se dedicaron a dudosas operaciones bursátiles. Se dice también que una de sus abuelas, al enviudar, se instaló sola en un pisito cerca de Saint-Lazare y financió con su dinero viviendas obreras; gracias le sean dadas.

Cumplida la mayoría de edad, Henri Navarre fue alumno del curso preparatorio en la escuela militar de Saint-Cyr, en caballería. Había aprendido a montar a caballo en la finca de su abuelo, entre alamedas de plátanos y setos de boj. Obtuvo la Cruz de guerra en 1918, estuvo destinado en Siria y en Alemania y parece ser que, en 1939, preparó un atentado suicida contra Adolf Hitler. Luego acompañó a Weygand a Argel y en 1942 pasó a la clandestinidad. Acabada la guerra, estuvo en Alemania, en Argelia y de nuevo en Alemania, y es en mayo de 1953 cuando lo nombran comandante en jefe de las fuerzas francesas en Indochina. Así pues, lía el petate y abandona Francia. Iba a cumplir cincuenta y cinco años. Aquí es donde lo encontramos, inteligente, de palabra clara, algo altivo quizás; los ministros veían en él a un militar refinado que sabía comportarse en sociedad. Henri Navarre era bajo. No muy bajo, pero bastante, me parece. Lo sé por una fotografía en la que se lo ve poniéndole una medalla al general Cogny. Es una cabeza más bajo, tiene talla de jovencita y una expresión un tanto forzada.

Pero ¿quién era Navarre? Yo lo ignoro, todo el mundo lo ignora; aunque dispusiéramos de todos los documentos, cartas, notas, libros, fotografías; aunque hubiéramos vivido treinta años en la misma celda; aunque hubiéramos sido su padre, su hijo, su esposa, aunque hubiéramos sido el mismo Navarre, es posible que no supiéramos más, en cualquier caso no lo suficiente. Ni siquiera un libro bastaría para exponer todas las circunstancias, vacilaciones, abatimientos, frustraciones, empecinamientos absurdos de un solo día en la vida de Henri Navarre; no porque el fondo esté oculto, sea demasiado complejo o se halle rodeado de misterio, sino porque algo, no sé qué, se nos escurre siempre en el hombre como la arena en las sábanas. Un comandante en jefe es una mezcla de honor mal entendido, de pequeñas congojas, de grandes orgullos, como somos todos nosotros, en el fondo, solo que todo eso embutido en un uniforme, remodelado, disimulado, cargado de unos valores anticuados que difícilmente podemos hoy saber cuáles eran. En 1953, acabamos de salir del antiguo régimen. Ni más ni menos. En los ejércitos, aún estamos en las espuelas de caballería. Pongo un ejemplo. En 1944, Navarre disputa una carrera. Los blindados del capitán De Castries, a sus órdenes, toman Karlsruhe adelantándose veinticuatro horas a De Lattre, quien nunca se lo perdonará. Pobrecito.

Una visita a Matignon

Llevaron, pues, al general al palacio del presidente del Consejo. Tronaba a lo lejos. La plaza de la Concordia le pareció pequeñísima. El Obelisco era feo. Al cruzar el Sena, entre dos cortinas de lluvia, repasó una y otra vez mentalmente un montón de cosas que habría podido decir. Notaba los piececitos que le dolían en los zapatos nuevos que se había puesto esa mañana; lo lamentó. Apoyó la cuidada mano en el reposabrazos de cuero. Un semáforo en rojo detuvo el coche justo delante de la Asamblea, las gotas de lluvia del cristal le tapaban el frontón, hizo un gesto absurdo para limpiarlas.

Pasaron el pórtico monumental del palacio Matignon, aparcaron en el patio. El general Navarre se apeó astutamente del coche, primero sacando a la vez las dos piernas del habitáculo y luego lanzando su cuerpecillo hacia fuera.

El presidente del Consejo, René Mayer, recibió al

general. Era un hombre ancho de espaldas, alto, afable, un hombre de negocios metido a político. Navarre se vio enseguida obsequiado con una sinfonía de buenas palabras, la escuchó gravemente. Dieron una vueltecita por el parque. Mayer llevó al general al paseo de tilos.

—La situación en Indochina es sencillamente desastrosa —reconoció—. La guerra está, como quien dice, perdida. Como mucho podemos esperar encontrarle *una salida honrosa.*

Cuando dejaron atrás el paseo de tilos, el presidente del Consejo levantó la cabeza y, en tono brusco, pero caluroso, le dijo al general que *podía contar con él para lo que fuera;* y, modesto, como si saliera a respirar a la superficie, con ese aire insinuante que adoptaba a menudo, miró a Navarre, sosteniendo en la mano la pipa apagada, y, con una especie de equilibrio instintivo entre un toque de familiaridad no carente de encanto y la dignidad de su función, murmuró:

—Aunque soy plenamente consciente de la dificultad de la misión que le encomiendo, debo prevenirle contra cualquier petición intempestiva de refuerzos.

Pronunció estas últimas palabras como si esta mala noticia subrayara aún más la confianza que le demostraba.

Iban pisando la gran extensión de césped. El presidente del Consejo siguió hablando de la «tarea exigente» que le esperaba a Navarre; de pronto, volviéndose lentamente hacia él, añadió que su gran experiencia militar les era «indispensable». Navarre lo creyó. Sintió que se le quitaba un peso de encima y que crecía en su propia estima. Por último, Mayer le comunicó claramente su nombramiento. Navarre expresó algunas reservas:

—No conozco el terreno —dijo.

—Precisamente —repuso Mayer—, verá usted más claro.

El plan Navarre

Unas horas después, en el asiento trasero del coche que lo llevaba al aeropuerto, Navarre casi se sorprendía de que la Providencia hubiera tardado tanto tiempo en ofrecerle aquel puesto. En cuanto llegó a Indochina, se enteró de que, siguiendo a Salan, se preparaba una partida general. Los miembros del equipo que De Lattre se había llevado se disponían a regresar a Francia; era el sálvese quien pueda. Se le hizo sentir que su mando no suscitaba mucho entusiasmo, que solo De Lattre habría podido cumplir la peligrosa misión que se le encomendaba. Tuvo un ataque de celos. No dejó que se le notara. Pero adoptó un tono más firme.

Perseguido por el chorro del aire acondicionado, Navarre se pasa la mano una y otra vez por el pelo gris y lacio. Su cara está blanca y flácida. Tiene mucho calor, pero el aire acondicionado le irrita la garganta, sus ojillos castaños se posan en todos sin sostenerle la mirada a nadie. De los altos oficiales, varios miembros del gobierno le han recomendado encarecidamente al general Cogny, comandante de la zona norte del delta. Como no sabe muy bien qué hacer, decide apoyarse en el único oficial de alto grado que no se ha marchado. Cuando le comunica al general Cogny que lo asciende a general de división, el coloso en bermudas le dice, en un acceso de emoción: «¡No se arrepentirá!». Pero Navarre es poco sensible a la gratitud de los subordinados.

Después de pasar varias semanas inspeccionando las unidades y observando los mapas, el general en jefe tiene de pronto la impresión de conocer suficientemente el terreno. Indochina es ahora un simple mapa mudo, tiene identificados y localizados sus ríos, sus montañas, sus inmensas selvas. Indochina está ahí, sola ante él, cuadriculada. La mira; las convenciones gráficas le parecen poco a poco realidades y pasa de un mundo de estudio al fantasma de ese mundo. Indochina es ahora el epicentro de algo, una angustia, un deseo afásico, silencioso, avaro.

El primer acto de su plan se desarrollaría durante la campaña de 1953-1954 que acababa de empezar: se trataba de evitar un enfrentamiento directo, de crear un ejército local que apoyara a las tropas francesas y de volver a formar un gran cuerpo de batalla móvil. El segundo acto tendría lugar al año siguiente: utilizando ese cuerpo de batalla, que habría habido tiempo de crear, tendrían que infligir al enemigo tal derrota que Francia tuviera ventaja a la hora de negociar: era la famosa *salida honrosa*. Sobre la estrategia que adoptaría el Viet Minh, el general formulaba tres hipótesis al margen de su plan: que se desplegara por el delta del río Rojo, que avanzara hacia el sur o que marchara hacia el Alto Laos. Esta última hipótesis era la peor. Por ella se mencionó por primera vez el nombre de Dien Bien Phu.

En julio, de vuelta en Francia, el general Navarre expuso su plan primero al comité de Jefes de Estado Mayor, luego ante el comité de Defensa Nacional. Se fumaron unos buenos puros y se caldearon el pecho con un poco de coñac. Varios cráneos calvos formaron corro en torno a un pequeño mapa. Navarre resumió. Dijo unas palabras en recuerdo de su padre, el viejo profesor de griego, habló un poco, sonriendo, del Peloponeso; al final, del jabalí de Calidón pasó gradualmente a hablar del Viet Minh. Las cerdas del animal, tiesas como jabalinas, se convirtieron, frase tras frase, en una amenaza concreta; sus roncos gruñidos, que Ovidio describe, evocaban, a medida que Navarre exponía su plan, los ataques cada vez más frecuentes en el delta; su resuello, que abrasaba las hojas, representaba las armas nuevas que el Viet Minh podría tener. Todos se encogieron. Tosieron. Era una explicación elegante.

Después de debates largos y confusos sobre las

cuestiones que la exposición detallada de sus proyectos planteaba, los miembros del comité convinieron en que, aunque el plan parecía una verdadera joya, una obra maestra de prudencia y estrategia militar, era, no obstante, «demasiado caro». Pues sí, hay que echar cuentas, uno no puede ir por ahí tirando bombas sin tener que pagarlas algún día, sin tener que enviar un chequecito al fabricante de armas. Le felicitaron, pues, pero le pidieron que revisara su plan *a la baja*. Recordaron la ayuda estadounidense, ya muy elevada, aún más generosa desde la visita del general De Lattre, pues Estados Unidos financiaba ya el cuarenta por ciento de la guerra; iban, claro, a pedir más, pero de momento se necesitaba un plan más barato.

¿No podría, haciendo un esfuerzo —grande, sin duda, pero hay que plegarse a las restricciones presupuestarias—, no podría trazar un plan más modesto, que costara menos? Le pidieron que reflexionara. Mortificado, Navarre regresó a Saigón a principios de agosto para hacer nuevas propuestas. Le repugnaba tener que recortar las alas a su gran quimera. Quiso, por lo tanto, pensar en otra cosa, divertirse, y las ceremonias se sucedieron frenéticamente durante la primera parte de su reinado. El comandante en jefe empezó por colgar condecoraciones de todos los torsos disponibles. Una palma más sobre las cruces de guerra de Cogny, de Gilles, de Ducournau y de Rabertin. ¡Dios, cómo le gustaba ponerse de puntillas para llegar hasta sus poderosos pechos! Parecía un chiquillo, era muy aplicado.

A fines de octubre, Navarre recibe extrañas noticias. Parece que el Estado Mayor del Viet Minh renuncia a atacar el delta y lanza la división 316 hacia Laos. ¡Ya está, esta vez el fantasma se hace carne, las mesas giran, las altas hierbas le crecen entre las piernas! Nada puede hacer Navarre, la realidad lo arrastra, todo parece ir en el sentido de sus malas inclinaciones. Francia acaba de comprometerse a defender Laos y Navarre imagina que el silencio del gobierno ha de ser descifrado. Creyó entonces oír una voz, un chorrito dorado del que manaban palabras extrañas. ¿Y qué decía esa voz? Susurraba: «Ve al corazón de la gran selva. Evita que el Viet Minh ocupe los arrozales de Dien Bien Phu. ¡No olvides que es el único valle que hay en toda esa selva, que es la encrucijada del noroeste!». No da crédito a su cerebro reptiliano, siente vértigo. Sí, es una revelación: hay que cubrir el norte de Laos. Temiendo otro ataque en el delta, el general Cogny no quiere que se lleven todas sus tropas y aboga por una operación de poco alcance, un Dien Bien Phu en miniatura. Pero Navarre ha visto ya no sé qué inmenso animal carnívoro, ha visto las razas extintas, las flores segadas en primavera, el verano severo, el otoño triste. Quiere vivir un sinfín de penalidades y de glorias. Y, de pronto, todo se precipita, Navarre pasa rápidamente de una primera versión de Dien Bien Phu, con la que se pensaba cortar al Viet Minh el paso a Laos, a algo más imponente. Lo que se necesita es un campo atrincherado. No una cosita donde cagarla, no, toda una ciudad de lona y alambradas. Cogny se defiende, habla de que será una «trituradora de batallones»; pero Navarre ya no hace caso de Cogny, se diría incluso que la resistencia de este aumenta su deseo. Teme perderse una victoria. Así se encaminan los hombres hacia gigantescos desastres.

La instalación

El valle de Dien Bien Phu ya había visto pasar a mucha gente: tropas francesas, quizás japonesas, chinas sin duda, cornacas de Siam, la caravana de Marco Polo. Pero en aquel momento, y desde hacía mucho tiempo, era un lugar apacible en el que se cultivaba arroz, espinacas, papayas. Los bueyes pastaban a orillas del río, compañeros fieles y bonachones. Y resulta que, de pronto, porque un general francés nacido en Rouergue decidió convocar allí al fantasma de las batallas, iban a arrasar todo aquel valle, plagarlo de búnkeres, destruir decenas de aldeas, expulsar a las montañas a miles de habitantes, cortar los árboles y quemar los cultivos. Iban a borrar muchos recuerdos, costumbres, senderos en los que los enamorados se encontraban, frágiles muros en los que los niños escondían diminutos tesoros.

El viernes 20 de noviembre de 1953, se vio caer del cielo puñados de corolas, redondelitos de tela azul, medusas ligeras, que planearon sobre el lujuriante valle. Los campesinos vieron caer los pétalos de clavel, unos mil ochocientos pétalos, con dos baterías de artillería aerotransportadas y dos compañías de mortero pesado. Al día siguiente, un buldócer cayó del cielo... Enseguida pusieron manos a la obra. Se trataba de allanar la antigua pista de aterrizaje que el Viet Minh había destruido. En una película militar, vemos a los soldados que, con el torso desnudo, conducen a campo traviesa una excavadora de oruga y se divierten. Pero la batalla había empezado el día anterior: once muertos en el bando francés, cien en el del Viet Minh.

A finales de enero, todo está listo. El puesto de mando está bajo tierra. Han cavado refugios, trazado trincheras y desplegado alrededor inmensas alambradas. Diez mil hombres viven ya allí. Y, todos los días, se reciben tanques, jeeps, camiones, hospitales de campaña, ejemplares de *Playboy* y grandes cantidades de conservas.

Christian Marie Ferdinand de la Croix de Castries

Se habla de un seductor de salón, de un historial lleno de pañuelos arrugados y de deudas de juego. Sí, se dice que Marie Ferdinand de la Croix de Castries follaba, que su cuerpecillo flaco se retorcía y adoptaba posturas tremendas, aunque siempre las mismas, de puntillas. No necesitaba, no, Marie Ferdinand de la Croix de Castries que lo empinaran, se las apañaba solo para montar a sus americanas. Llevaba al cuello un pañuelo escarlata y, mientras ellas soltaban entre chillidos sus palabras de amor, él sostenía un bastón en la mano. Pero una vez que había descargado su bolsita de esperma, Marie Ferdinand de la Croix de Castries dejaba con cuidado el bastón junto a su sable malayo; ¡cómo impresionaba eso! ¡Ah, qué tipo tan curioso era Marie Ferdinand de la Croix de Castries! Se dice que escuchaba con aire ligero las conversaciones más dramáticas y que adoptaba un aire serio en las cuestiones secundarias. Se dice también que salía por las noches, cantaba mal, bailaba mal y se hacía el pobre sentado a una mesa con tipos duros. ¿Cuántas veces habrá roto con los dientes una jarra de cerveza? ¿Cuántas veces habrá oído crujir entre sus mandíbulas —herencia de ocho tenientes generales— unos pedazos de cristal? ¿Y cuántas veces se habrá tragado esa sopa horrible por el placer de excitar a unas chicas o de callarles la boca a unos necios?

En la familia De la Croix de Castries había habido uno o dos arzobispos, un mariscal, una alianza con los Mortemart, un caballero de la Orden de Malta y hasta una esposa de presidente de la República. ¿Quién da más? Eso sí —diría un Saint-Simon más esnob y más pérfido que el viejo cochino—, la familia no se remonta más atrás de 1469, a Guilhem Lacroix, usurero ennoblecido. Podemos descender otros escalones gracias a la insaciable curiosidad de Pierre Burlats-Brun, quien, en *Héraldique & généalogie,* la hace descender primero de Guilhem Lacroix a Jean Lacroux, que ya suena peor; de Jean a Raymond y de Raymond a Johan Le Cros, pescadero, lo que, conociendo el orgullo de los Castries, es gracioso y, oyéndolos hablar de humildad eterna, conmovedor.

Los Castries han tenido, pues, un ministro de Marina, montones de duques y marqueses, y hasta hace poco estuvieron sentados, en la persona de Henri de Castries, en el cómodo sillón de piel del presidente y director general de AXA, que es como un nuevo arzobispado u otra Hacienda. Henri de Castries estudió en la Escuela Nacional de Administración, es católico, mecenas de los scouts de Francia y no, no es un ideólogo, él es de derechas, pero considera que sus compañeros de promoción socialistas son gente tratable. Es el marido de Anne Millin de Grandmaison, su prima, el mundo es un pañuelo. Séptimo en la jerarquía angélica de los patronos mejor pagados, entre Pinault y Mestrallet, cobraba, cuando dirigía el famoso grupo, 950.000 euros como cuota fija, en nombre del Padre innombrable; 2.034.171 euros como cuota variable, en nombre del Hijo sacrificado, y lo demás, dietas, calderilla, en nombre del Espíritu Santo, la cifra más pequeña de la Trinidad: 86.000 y pico euros, vamos, casi lo que cobra un maestro. Y, sin embargo, los Castries son como somos todos, fueron sobre todo comerciantes, pescaderos, y tienen, en su árbol genealógico invisible, cientos y cientos de pobres de toda clase y decenas de miles de cazadores-recolectores. Pero ocurre que una buena herencia se toma por un destino y así lo entendía, naturalmente, Marie Ferdinand de la Croix de Castries. ¡Adelante, dale al látigo, cochero! Es él quien comandará la base de Dien Bien Phu, es a él a quien Navarre le encomienda el mando del campo atrincherado. ¡Oh, no le hace mucha gracia! Marie Ferdinand de la Croix de Castries prefiere los espacios abiertos, la guerra en movimiento, la caballería; pero acaba aceptando. Y ahí lo tenemos ahora en su refugio recubierto de esteras y sacos de arena, delante del aire acondicionado, arrugando papeles estúpidos, mascando lápices. Mira el mundo a través de una mosquitera. ¿Dónde estará la españolita a la que conoció el mes pasado? ¿Y qué hacen los vietnamitas? Escupe un cabo de lápiz en el cenicero, decide ir a dar una vuelta. Al atardecer, el coronel De Castries cena con algunos oficiales. Después vuelve al puesto de mando. La luna aún no ha salido. Hace frío. Se pasa la palma de la mano por la cabeza rapada. Esa noche, rasgan las colinas algunos proyectiles trazadores; se oyen ráfagas de ametralladora. El coronel, achispado, se pimpla otra botella. A la mañana siguiente, la niebla cubre el valle. En su casamata, el coronel se aburre.

El cerco

Lentamente, el campamento fue cercado. No lo vieron venir, como quien dice. El 7 de diciembre, la ruta Pavie queda cortada. Resulta imposible salir del campamento sin sufrir graves pérdidas; porque los rodea la selva, la jungla. Y eso no lo había previsto Navarre. ¡En el cuartel general de Hanói no se dan cuenta! Marie Ferdinand de la Croix de Castries, que sabe lo que hace, parece creer que la victoria es posible, parece creer —chupeteando su fusta o su regla graduada— que podrá salir de pronto de sus dos metros bajo tierra y... ¿qué? No lo sabe bien, duda..., ¿azotar las manadas de búfalos al sol, traspasar la piel gris de los arrozales, echar abajo las bóvedas de bambú? Pero las tropas de reconocimiento que envía apenas pueden traspasar los límites del campamento. Mientras que, en los mapas del Estado Mayor, las flechas van y vienen, saltan ríos, trasponen colinas, aquí, en Dien Bien Phu, todo está quieto. Una flecha puede fácilmente trasponer una colina a escala uno veinticinco mil, cruzar un arroyo a escala uno veinticinco mil, subir una montaña a escala uno veinticinco mil y la mano puede entonces plantar en lo alto su banderita de papel. Pero, en Dien Bien Phu, las banderitas no se mueven de su mapa de cartón y los ríos no son veinticinco mil veces más pequeños, sino que tienen su tamaño real, y las colinas están cubiertas de arecas y matorral, y lo que allí, en la mesa de Navarre, mide, digamos, un centímetro, ¡aquí mide veinticinco mil veces más! Y veinticinco mil centímetros, sí señor, son doscientos cincuenta metros, y doscientos cincuenta metros de jungla, doscientos cincuenta metros de pendientes abruptas, doscientos cincuenta metros cortados por precipicios, doscientos cincuenta metros de Viet Minh, no son, ni mucho menos, lo mismo que un centímetro de papel. En lugar de confeccionar mapas a escala uno veinticinco mil, el Estado Mayor francés tendría que hacer mapas más vastos que el vasto mundo, donde los ríos fueran más infranqueables que los ríos y las colinas más accidentadas que las colinas. Pues habrán lanzado ciento veintisiete toneladas de bombas sobre *el punto Mercurio,* coordenada al parecer clave para el abastecimiento del Viet Minh, pero las bicicletas, que ancianos culis vestidos de pobres telas y calzados con sandalias empujan, reanudan rápidamente la ruta, abriendo toda una red de nuevos senderos, pese a que van cargados con sacos de arroz y morteros.

Un poco inquietos, los últimos parisinos visitan a Navarre, después el campo atrincherado. Quieren hacerse una idea. Navarre los recibe en Hanói, en *battle-dress*, con una vara de junco en la mano. Se ganará el derecho a que lo visite Jacquet, el secretario de Estado encargado de las relaciones con los Estados Asociados. No sé en qué piensa Jacquet cuando Cogny enumera las amenazas que se ciernen sobre el campo atrincherado, no sé si su pipa echa las mismas nubecillas blancas de un Corot y un Daubigny, pues Jacquet es alcalde de Barbizon y seguro que prefiere un restaurante mediocre a cualquier comedor de oficiales, y seguro que no se siente muy a gusto entre ese bruto de Cogny y el menudo Navarre, con la expresión forzada, mudo. Va luego a Dien Bien Phu, hace preguntas, no parece muy convencido. Pero hacia las cuatro de la tarde tiene que partir, el Viet Minh puede atacar. Habrán pasado unas dos horas y media en Dien Bien Phu y será muy difícil hacerse una idea tras tan corta visita. Conque envían a Pleven, que ya ha sido, *grosso modo,* nueve veces ministro y dos veces presidente del Consejo y sabe mucho. El 7 de febrero, Chevigné, secretario de Estado para la Guerra, lo precede en Dien Bien Phu. El 8 de febrero, de escala en Niza, Pleven se entrevista con Jacquet, que regresa a París. Intercambian impresiones en torno a un café y no pinta bien. Entretanto, en

Dien Bien Phu, ¿qué ve Chevigné? Un orinal. Sí. Ve que la guarnición ocupa *stricto sensu* el fondo de un orinal. Y que el Viet Minh ocupa los bordes de ese orinal. Mal asunto. A modo de demostración, para que se divierta Chevigné, cuya hija está casada con un Castries y cuya abuela es famosa porque fue la modelo de la duquesa de Guermantes, el coronel ha ordenado que dos batallones ataquen las colinas, apoyados por la artillería y la aviación. La idea era destruir una pieza de artillería de setenta y cinco que dispara periódicamente sobre el campamento. Los dos batallones de paracaidistas tenían que escalar la cota 781, apoyados por los carros de combate y la artillería. ¿Y qué ha pasado? Pues que apenas han podido trepar al borde del orinal a lo largo de unos cuantos kilómetros y, después de sufrir un fuego nutrido y pese al apoyo de la aviación, han tenido que dar media vuelta.

El 19 de febrero le toca a Pleven, ministro de Defensa, hacer su visita de inspección. A eso de las once de la mañana despega del aeródromo de Hanói con destino a Dien Bien Phu. Navarre no va, no quiere influir en su opinión, ha dicho. Castries lo recibe y le describe el dispositivo militar, las fuerzas de las que dispone. Pleven, que lleva diez días en Indochina, viste también un curioso *battle dress* de perneras muy anchas y bolsillos enormes, que le queda muy grande y dentro del cual parece flotar. Va tocado con un panamá, lo que en la jungla tonkinesa produce un efecto discutible. De pronto, volviéndose hacia el general Fay, jefe del Estado Mayor del Ejército del Aire, Pleven le pregunta lo que piensa del campo atrincherado.

—Aconsejo al general Navarre que salga de Dien Bien Phu; si no, está perdido —responde Fay sin dudar.

Durante varios minutos, los miembros de la pequeña delegación tienen la mirada gacha y la visita acaba en medio de un ambiente tenso. Esa noche, en el avión, Pleven parece inquieto, fuma un cigarrillo tras otro. Partirá de Indochina días después, no sin haberle entregado antes a Navarre la placa de gran oficial de la Legión de Honor. Aún se pregunta uno por qué.

¡Beatriz! ¡Beatriz!

Parece ser que Dante, pese a su perfil de medalla y a las extraordinarias aventuras que corrió por las entrañas de nuestras desgracias, no vio, conoció ni amó jamás, pero jamás, a ninguna joven que se llamara Beatriz, y que este amor del que tanto nos habla libro tras libro no es sino un artificio literario. Y lenguas peores añaden que se cepillaba a sus criadas donde las pillaba y que la dulce Beatriz no fue más que su sirvienta, a la que el viejo búho cantaba, entre dos pilas de platos, su vida nueva. Pues bien: por uno de esos lacrimosos fervores que los militares sienten y tienen en común con los poetas, a una de las bases de apoyo la llamaron así: Beatriz. Una base de apoyo sirve para proteger el corazón, para proteger del fuego enemigo el corazón de un dispositivo militar, un puesto de mando o un aeropuerto. Y, entre base y base, una plaza fuerte asegura sus posiciones. Así, las bases de apoyo se protegen unas a otras, cual alegre panda de amiguetes. Para ello, y a fin de que el campo atrincherado estuviera en un terreno despejado en el que se pudiese maniobrar fácilmente, expulsaron a los habitantes de los pueblos, quemaron las casas, incendiaron los bosques y los campos de pomelos. Fue un trabajo durísimo. Lo realizaron prisioneros o árabes. Tras la llegada del cuerpo expedicionario, unos mil campesinos fueron desplazados. Pero allí se mantenía orgullosamente Beatriz en medio de las cumbres peladas. Por la noche, era un aro de luz rodeado de alambradas, una serie de túneles de tierra cubiertos de troncos de madera. Un jeep con el parabrisas abatido sobre el capó va al puesto de mando y vuelve. Los días pasan. Esperan. Hace semanas, meses que esperan. Parece que el Viet Minh va a atacar. Lo temen, lo desean. Por momentos, lo olvidan.

13 de marzo. Día desapacible. De madrugada, un Dakota se queda en tierra, ardiendo. Otro explota cerca de la base Isabelle. Y, a partir de ahí, todo se degrada. Otro avión arde. El fuego de mortero alcanza a dos reporteros que están filmando. Uno muere, el otro pierde una pierna. Poco después, un cuarto avión se incendia. Luego, otro es abatido en pleno vuelo. Habían esperado el enfrentamiento, lo habían deseado ansiosamente, ¡y ahí está! Y, como siempre, es mucho menos divertido que en los libros, mucho menos her-

moso que en las pinturas, aún más triste que en los recuerdos. Huele a gasolina, a polvo. El aire está cargado de humo, dejan de respirar y tosen, dejan de hablar y gritan, dejan de cantar y escupen. Los campesinos de las aldeas tailandesas que se hallaban entre el cuerpo expedicionario y el Viet Minh se marchan. Es señal de que el ataque es inminente y el Viet Minh les ha aconsejado que desalojen. Produce una impresión extraña ver esas filas de hombres, mujeres, ancianos y niños que cargan con todo lo que pueden, que caminan lenta, inexorablemente, que dejan atrás sus casas vacías como si la vida real fuera un decorado.

De pronto, Christian Marie Ferdinand de la Croix de Castries creyó ver algo entre todo aquel humo de fuel que arde, entre aquellas primeras ruinas. ¡Sí, lo ve! Está ahí y no sabe si es la victoria o la muerte, se parece a lo que cuentan. Hubo entonces un gran «¡Oh!» en el campo atrincherado. Todo el mundo retrocede. El coronel se queda solo, delante de aquello. Se detiene y mira. Pero ¿qué es eso, por Dios? No es una tribu de negros, no es un grupo de culis atados con alambre, no son los pobres saboteadores de ferrocarriles de los que le han hablado, no es simplemente un joven con una Browning, no, es un inmenso fantasma que se abalanza sobre ellos. Es el ejército nacional popular.

El campo atrincherado contiene el aliento. Por las fotografías aéreas y los informantes, habían previsto que el ataque se produciría a las cinco de la tarde. Llega esa hora bajo el gran cielo pálido. No ocurre nada. Las cinco y uno, dos, cinco, diez minutos. Nada. Y nada. Los legionarios guardan silencio, cada cual está sumido en su propia angustia, tienen los ojos muy abiertos, respiran, rascan el suelo con la gastada bota. ¡Diez minutos! Qué endiabladamente largos son, duran una eternidad, ¡toda la historia del mundo cabe en diez minutos! El almirante Charner remonta el Mekong con una flota de varios cañoneros, en un minuto. El emperador de Vietnam pide la paz en dos segundos, y un minuto después los franceses ocupan Indochina. Pero no la ocupan más que un minuto, pues al minuto siguiente llega Ho Chi Minh y proclama la independencia. Y es la guerra, que dura un minuto, y ahora estamos en los ultimísimos segundos de este gran segmento de vida, en la tarde del sábado de la creación, momentos antes de que el sol se ponga. De pronto, a las cinco y media, un enorme estruendo pulveriza el silencio. Ya no son solo disparos aislados, es un martillazo que abre la cabeza. Filas de hombres corren con la cabeza gacha, ¡qué despertar! Rápidamente se meten en los túneles, corren entre el polvo, y por doquier todo se sacude, todo explota, vuelan los cables, se hunden los techos, se derrumban los refugios. En unos instantes, todo el campo atrincherado se convulsiona. Ya no parece un gigante correcto, posado en medio de la jungla, acabado. Todo son escombros, bombardean horriblemente el campamento. Cada tres segundos, el suelo tiembla, llueve tierra. Beatriz deja de existir.

Se dice que, en ese momento, Marie Ferdinand de la Croix de Castries dio las primeras muestras de abatimiento y de cansancio. Las bombas del Viet Minh habían abierto en su ser un abismo de perplejidad. En los dos meses siguientes, Castries no volverá a salir ni una sola vez de su refugio. Llevará su yelmo día y noche y hará escrupulosamente sus necesidades en el casco de su ordenanza.

Navarre al detalle

Mientras la batalla avanza hacia el desastre, la señora Navarre, en París, salta de salón en salón, se desgañita. Se mancha las botas no de arena, sino de vino Chambertin, se quema el paladar con licores, hace agujeritos en las alas de las perdices y tiembla con el crujir del merengue. Todos quieren recibirla; sus únicos enemigos son los limones que se esconden entre los cangrejos del plato. En Saigón, el general Navarre prepara su operación Atlanta, con la que quiere avanzar, presionando, de sur a norte, para controlar una gran porción de territorio. Pero la operación Atlanta se atasca y, de tanto soñar con su gran movimiento estratégico hacia las altas mesetas montañosas, Navarre se aleja cada vez más de Dien Bien Phu, de la llanura de arcilla gris.

Por la noche, después de ver una película en el cine Eden, Navarre vuelve a casa, sube la escalera, se pone la bata, las pantuflas, se sienta a su mesa de trabajo y sueña. Sueña con escribir un texto en el que lleva mucho tiempo pensando, un texto erudito sobre la infancia de Antoine-Henri de Jomini, el prodigio, el mayor pensador militar del siglo XIX, el adivino de Napoleón, como lo llamaban en la academia militar. Y, como las noches son largas, relee un fragmento del libro de Courville, bisnieto del gran hombre, que es un puro panegírico; a él le encanta esto. Y pergeña su propio escrito, una historia de la infancia de Jomini en las calles de Payerne, una especie de *Guerra de los botones* en clave más docta, llena de citas del maestro, ilustrada con la posición estratégica de la esquina de una calle protegida por cubos de basura. Pero lo acomete una sorda angustia: ¿ha seguido él debidamente en Dien Bien Phu los preceptos de Jomini? ¿Aprendió bien sus lecciones en la academia militar? ¿No habrá dejado que otros lo lleven a un terreno resbaladizo? Asaltado por la duda, toma el famoso *Précis de l'art de la guerre* y a regañadientes se sume en la lectura del libro, apenas molestado por el ruido del aire acondicionado. Pasa el tiempo, la una, las dos de la mañana, y cuál no será su sorpresa al descubrir, según lee y relee la partitura famosa, que ha interpretado una música muy distinta. Se siente de pronto turbado, febril, repasa el libro cada vez más rápido y no puede menos de constatar hasta qué punto su campo atrincherado, su creación extraña, contraviene no solo una o dos de las condiciones enumeradas por Jomini, ¡sino todas!

«A mi ver», escribe Jomini, «el verdadero y principal objeto del campo atrincherado será siempre ofrecer al ejército, en caso de necesidad, un refugio pasajero o un medio ofensivo... Encerrar a nuestro ejército en una plaza, exponerlo a que lo ataquen y lo asedien, me parece una locura.» ¡Maldita sea!, se dice. ¡¿Qué he hecho?! En efecto, Dien Bien Phu no es ni un refugio pasajero, ni un medio ofensivo, sino encerrar al ejército en una plaza. Hojea nerviosamente las páginas del libro: «Hay que confesar que el campo atrincherado», añade Jomini, hurgando en la herida, «no siendo sino una base de apoyo...». ¡Pero coño! ¿Qué dice Jomini? ¡Se ríe de mí, delira! Y un poco más adelante: «Pero no será jamás sino un refugio pasajero...». ¡Dios santo!, ¿cómo no se dio cuenta? Y el general Ély, y el bueno del viejo mariscal Juin, ¿por qué no le dijeron: «¡Alto ahí, relea a Jomini!»?

Se sirve un vaso de whisky. ¡Qué mala suerte que nadie del ejército francés leyera a Jomini el año anterior! Se acuerda del general Fay, jefe del Estado Mayor de las Fuerzas Aéreas: ¿no le dijo claramente que no estaba de acuerdo? Navarre borra con un manotazo el recuerdo. Ya nadie lee a Jomini, se dice... Salvo, quizás... Y entonces vislumbra a lo lejos, bajo una rama de latania, tras una zarza que parece un terrible nudo, algo enigmático: dos ojos. Se fija y ¿qué ve?: la cara de Vo Nguyen Giap, general del Viet Minh. ¡Ah, sí! Ese seguro que ha leído a Jomini, y a Vauban y todas sus teorías sobre el asedio: ¡ay, quizás hayan hecho mal en enseñar a leer a estos vietnamitas, y en nuestro idioma!

Navarre quiere animarse; repasa todas las grandes batallas de la historia, todos los campos atrincherados: ¿no salvó Buntzelwitz a Federico II? ¡Pues claro que sí, al gran Federico, el toque de garlopa de Federico! ¿No fortificó varios cerros con árboles talados, pozos de lobo, trampas, empalizadas, polvorazos? Y el de Maguncia, ¿no habría impedido que la ciudad fuera sitiada si el ejército francés hubiera dispuesto de medios para mantenerlo? Y el famoso campo de Wurmser, ¿no prolongó dos meses la resistencia de Mantua?

Pero en Buntzelwitz, piensa Navarre en un último acceso de pesimismo, ¿no se benefició Federico de la indecisión del enemigo? Y en Maguncia, ¡hubo que abandonar el campo! Y en Mantua, ¿no pereció al final todo el ejército austriaco?

Los diplomáticos

El 21 de abril de 1954, mientras el cuerpo expedicionario francés agoniza, el secretario de Estado estadounidense, John Foster Dulles, hace una visita relámpago a Francia. Dulles y Bidault se reúnen unos días después en el Ministerio de Asuntos Exteriores del Quai d'Orsay. Ahí están sentados juntos en un canapé, ante una mesa lacada, posando para *Paris Match*. Las manos gesticulan como si fuera una conversación seria. Dulles parece decirle a Bidault: «Estará usted al menos de acuerdo con la versión modesta de mi argumento» y Bidault, con expresión desconcertada pero conciliadora, mira hacia la ventana. El ambiente es distendido, los hombres se conocen y parece que se aprecian.

Ignoramos si Bidault le habló de Bergson, al que Dulles admiraba y a cuyos cursos había asistido de joven el año que pasó en París; pero fue —y esto sí lo sabemos a ciencia cierta— describiendo con sus pasos una elipse regular, lo que hacían por segunda vez acompañados de dos o tres secretarios del ministerio, cuando, apartándose de pronto y formando un codo extraño, imprevisto, Dulles, en el punto más curvo de la hipérbola, con el aire más tortuoso que era capaz de adoptar, se volvió bruscamente hacia Bidault:

—¿Y si le diera dos? —le espetó.

—Dos ¿qué? —contestó el ministro francés, confundido, incapaz de relacionar la conversación diplomática, bastante típica, después de todo, que mantenían sobre Dien Bien Phu con esa pregunta rarísima.

—Dos bombas atómicas... —aclaró el secretario de Estado estadounidense.

Instantes después, Maurice Schumann ve entrar a un pálido Bidault en su despacho. Esto lo sorprende un poco, Bidault es muy puntilloso en materia de etiqueta y, en su calidad de ministro, exige siempre un estricto respeto de las convenciones. Pero, ese día, Bidault abre la puerta sin llamar, cruza la estancia tropezando en la alfombra, se sienta en una simple silla frente a su secretario de Estado y, con aire angustiado, balbuce:

—¿Sabe usted lo que me dice Dulles? —Schumann lo mira, desorientado—. Me ofrece dos bombas atómicas para salvar Dien Bien Phu.

John Foster Dulles, durante el año que pasó en París en su loca juventud, frecuentó la sociedad de la *belle époque*. Pero los Marie Brizard no se le subieron mucho a la cabeza. Y, en aquella idílica estancia parisina, ni los paseos por el Jardín de Luxemburgo ni la terraza del Select bastaron para que descuidara su prometedora carrera. Pues Dulles no es solo un joven y alocado estudiante, una vaga figura del Barrio Latino: *los Dulles* son una institución. Él es hermano del director de la CIA, además de nieto y sobrino, respectivamente, del trigesimosegundo y del cuadragesimosegundo secretarios de Estado de Estados Unidos. Incluso han dado nombre a uno de los aeropuertos de la capital, Washington-Dulles, nombre en el que se ven asociados con el genio fundador de la nación.

Es, pues, toda una institución la que se inclina hacia Georges Bidault el 24 de abril de 1954; a su lado, Bidault no es más que una humilde pyme; su padre era agente de seguros en Moulins y para que lo protejan no tiene alrededor más que una serie de pequeños propietarios rurales católicos y obtusos. En cambio, Dulles es una verdadera multinacional. Y entre los restos de pasado que nos quedan, a través de kilómetros de noticias de última hora y legajos de papel de periódico, vemos que hay numerosos cadáveres a sus espaldas.

Su hermano y él acaban de financiar, el año anterior, la caída del primer ministro iraní, Mossadeq, que tuvo la mala idea de nacionalizar el petróleo. La anglopersa Oil Company se sintió engañada. Así que Allen Dulles pagó un millón de dólares para derrocar a Mossadeq, lo que tuvo como consecuencia que durante mucho tiempo no se hiciera ninguna reforma democrática en Irán. Y conviene que leamos la consigna de la CIA, su laconismo extraordinario, para entender de qué tipo de operación estamos hablando: «Blanco: el primer ministro Mossadeq y su gobierno. Objetivos: Por métodos legales o casi legales, derrocar su gobierno y sustituirlo por otro prooccidental bajo la autoridad del sha». Pero cuando habla con Bidault, John Foster Dulles es ya responsable de otra operación, la caída de Jacobo Árbenz Guzmán, presidente de Guatemala, que se disponía a hacer una reforma agraria y a repartir noventa mil hectáreas de tierra a los campesinos pobres de su país, lo que hacía peligrar los intereses de una multinacional estadounidense, la United Fruit Company. Esta compañía se negaba a que la indemnizaran a razón de tres dólares por acre, que es, sin embargo, lo que ella misma había declarado a Hacienda, infravalorando así sus terrenos para pagar menos impuestos. Víctima de su propio fraude, la compañía recurrió a los hermanos Dulles, dueños del bufete de abogados más importante de Wall Street. Los Dulles, que además eran sólidos accionistas de la compañía, organizaron un golpe de Estado a medida que entregó el país a una junta militar. Guatemala entró en un largo periodo de violencia; hubo centenares de miles de muertos.

Volveremos a cruzárnoslos, para nuestra desgracia, siete años después, el 17 de enero de 1961, en Élisabethville, en Katanga, pues esa mezcla de ingenuidad y perfidia que los caracterizaba no perdonó ningún continente. Ese día, a las cinco menos diez de la tarde, aterriza el DC-4 de Air Congo con matrícula 00-CBI procedente de Muanda. Tres hombres, atados a una cuerda, son sacados sin contemplaciones del aparato. Los tres prisioneros son subidos a un jeep. La siniestra comitiva se dirige a la vivienda de un colono belga. Uno de los tres prisioneros es Patrice Lumumba, el *primer* primer ministro de la República del Congo, la cual acaba de obtener su independencia. A las cinco y veinte, el jeep aparca. A Lumumba y a sus dos compañeros los sacan violentamente, los llevan a la casa, los torturan. Tres horas después, el convoy se pone nuevamente en marcha. Tras media hora larga de camino, se detienen en Mwadingusha. El comisario de policía belga Frans Verscheure hace bajar del vehículo a los tres prisioneros. Y mientras lo empujan hacia el borde de la fosa donde van a ejecutarlo, centremos un momento nuestra atención en Lumumba, veamos, a través de la antítesis que este es, a través de este flamante contraste, *quién era* Dulles, *lo que no quería* Dulles, y adivinaremos el mundo con el que este soñaba y que trataba de alcanzar mediante intrigas. Para ello hay que remontarse en el tiempo y ver a Patrice Lumumba cuando era niño, hijo de un agricultor que venía de un pueblecito, su sonrisa dulce, tímida pero decidida, su semblante serio, la escuela protestante en la que balbuce los rudimentos del catecismo, sus lecturas febriles de autodidacta, ese destino de obrero que evita zambulléndose desesperadamente en los libros. Y veámoslo después, oficinista de una empresa minera. Enseguida adivina el papel primordial que desempeñan las materias primas y constata hasta qué punto los líderes congoleños son apartados del poder. Estas dos revelaciones no lo abandonarán nunca y lo acompañan también a las cinco y pico, entre dos sesiones de tortura.

A principios de julio de 1960, apenas quince días después de la independencia del Congo, los belgas intervinieron militarmente para que Katanga, con sus recursos mineros, se convirtiera en el núcleo de un nuevo Congo, sin Lumumba. Se conspira para deponer al primer ministro de su cargo. El 18 de agosto, el Consejo de Seguridad Nacional de Estados Unidos dice estar preocupado por la situación en el Congo. En ese momento intervienen *los Dulles*. Lumumba constituye una seria amenaza para los intereses estadounidenses; el director de la CIA, Allen Dulles, concluye que debe ser expulsado del poder «por el medio que sea».

Por eso no es exagerado decir que, cinco meses

después, el 17 de enero de 1961, cuando sus torturadores se apoderan por última vez de Lumumba en algún lugar de la sabana, antes de que lo abatan brutalmente y su cuerpo desaparezca en un baño de ácido, ellos, *los Dulles,* están ahí, entre las fuerzas que acompañan, invisibles, espectrales, en sus últimos instantes, al hijo de agricultor de sonrisa dulce, de semblante serio, en el momento en que se da cuenta realmente, con una mezcla de tristeza y de asco que debió de ser terrible, de lo bien que hizo en zambullirse desesperadamente en los libros y en luchar, determinado, victorioso en un sentido, aunque derrotado, asesinado, y de cuánto mayores eran la violencia y la determinación de ellos, de cuánto había subestimado la ferocidad con que querrían conservar su poder; y, mientras esos espectros lo acompañaban, el que había organizado la resistencia victoriosa al invasor, el que había expulsado a los belgas del Congo, vio que eso era algo, claro, pero que, en cierto sentido, aún no era nada, que los belgas no eran nada, que el verdadero poder —y lo sabía desde el principio, desde que trabajó de oficinista en una empresa minera de Kivu del Sur— era la Union Minière del Alto Katanga; y aunque el espíritu humano tiene sus abismos, en los que se reúnen los administradores de la Union Minière, aunque nadie ha penetrado jamás en sus capas profundas y aunque la corteza terrestre es tan dura como nuestro cráneo y tan hermética como el lenguaje, sí hemos excavado hasta una profundidad de cuatro kilómetros para encontrar oro, cobre, toda clase de metales, y caemos al fondo de los pozos que hemos excavado a la velocidad de dieciséis metros por segundo, hasta que llegamos al corte, el frente de la mina, donde morimos, donde hace un calor horrible, adonde hay hombres que consiguen llegar en secreto, para rascar algunas pepitas y volver a la superficie con su pequeño botín, esperando vivir una vida mejor, solo que la policía minera vigila y, cuando cree que ha pillado a uno, corta la ventilación del conducto sospechoso y lo asfixia; y, por fuera, las minas forman ciudades gigantescas, un montón de hierro rodeado de escoria, y en esta región, Katanga, donde se ha extraído tal cantidad de cobalto y cobre que sin duda representa una parte no desdeñable del metal que circula en la actualidad por el planeta, trabajan niños de diez años, niños que perecen víctimas de hundimientos de túneles, asfixiados, ahogados; y así es, escoltado por los milicianos belgas, como Lumumba, atontado, todavía bajo los efectos de la tortura, cayó tan profundamente en sí mismo, en las grietas del alma humana, y, entre sus paredes candentes, como entre las paredes de una mina, creyó ver un pueblo minúsculo, bacteriano, un pueblo ciego y sordo, pero voraz, bestezuelas que seguramente abandonaron la superficie de la tierra en tiempos inmemoriales y se instalaron allí, en el corazón de las tinieblas, aunque, desgraciadamente, las siguió un depredador, un gusano que solo medía medio milímetro, un monstruo en miniatura cuya boca odiosa es una vulva rodeada de ventosas; pero toda esta profundidad no es nada, se dice, y ni siquiera la perforación más audaz, la que penetra casi a trece kilómetros de la superficie, puede alcanzar el manto, no es nada, habría que profundizar mucho más allá de la corteza en la que gimen los espeleólogos, mucho más allá del manto, y llegar al núcleo, a esa masa de metal fundido, terriblemente denso, que se agita por convección, para rozar siquiera, no el Infierno, que está poco profundo, sino lo que da a la Tierra su campo magnético y permite, gracias a la brújula, que emprendamos viajes a través de los océanos y conquistemos la Tierra; pero si de verdad queremos conocer el horror, se dice Lumumba con sobresalto, no es eso lo que debemos mirar, no son las simas, las criaturas vivas, las perforaciones delirantes, no es tampoco el alma humana, no; si de verdad queremos saber lo que es el espanto, tendríamos que penetrar en silencio en el despacho en el que conferencian Eisenhower y Dulles, tendríamos que escondernos debajo de las alfombras de Sullivan & Cromwell y oír lo que se dice entre bastidores, sorprender lo que se comentan tranquilamente los hermanos Dulles, oírlos hablar a su aire, sin pudor: y es ahí, en ese espacio etéreo, termoestable, inmunizado, situado fuera del mundo, refractario a las imágenes, en el que está prohibido tomar notas, como si todo, menos las transferencias escrupulosas de sus dividendos, tuviera que borrarse, escapar a la Historia, es ahí, entre los abultados sándwiches de mortadela que vuelven loco a Foster y el vaso de Schweppes que deposita sonriendo la secretaria, entre unas gracias dadas educadamente y una llamada rápida a un colaborador, entre el archivo mecánico de un expediente y un diálogo franco, directo, sobre los intereses estadounidenses en África, donde se meditó aquello de lo que el macartismo no es en el fondo sino la fachada incorrecta, mediática, donde se orquestó y deliberadamente se puso en marcha el mecanismo de la guerra fría que llevó al mundo al borde del caos. Y cuando los condenados llegaron a lo alto del repecho, los mercenarios escoltaron al primero y descendieron con él despacio hacia el prado, y entonces uno le puso la mano en el hombro y le susurró al oído: «No tengas miedo, no se siente nada...»; de repente el condenado sintió que todo su ser se paralizaba y se puso a gritar, pero enseguida lo amordazaron, lo ataron, le vendaron los ojos, lo empujaron violentamente contra un árbol y el tipo le repitió riendo: «No tengas miedo, no se siente nada...»; se oyó una ráfaga, un miliciano se acercó lentamente, se inclinó sobre el cuerpo e hizo un gesto con la cabeza, limpiaron el lugar con una manguera y arrojaron el cadáver a un hoyo; y dos veces ocurrió lo mismo, dos veces apareció la figurita en lo alto del repecho, dos veces emitió el condenado un sollozo y dos veces retiraron el cadáver; pero la tercera vez, cuando ordenaron a Patrice Lumumba que avanzara, este se dijo: «Voy a ver la muerte cara a cara», y cuando los verdugos se disponían a vendarle los ojos, algo en él se resistió; se negó; ¡qué leve era su figura de madrugada, qué joven parecía, entre los ébanos, a aquella luz, con aquel sabor ácido en los labios! En una fotografía famosa, hecha durante las negociaciones, cinco meses antes de la independencia, Lumumba sonríe, tiene treinta y cinco años, pronto será primer ministro —lo será solo dos meses y veintiún días—, tiene el semblante distendido, pero en su mirada, con su juventud, con su determinación y su dulzura, se mezcla una punta de desconfianza, una reserva, quizás un pudor; y hay entre su mirada resuelta, su piel negra, su insondable juventud y las circunstancias sórdidas de su muerte, una connivencia insensata. Es como si hubieran tomado esa fotografía un instante antes de su muerte y él nos arrojara toda su juventud a la cara. De pronto estamos con él en el prado, entre el árbol acribillado a balazos y los agentes secretos, y el pasado no cuenta, los ébanos, el olor de la noche no cuentan, el repecho no cuenta. Solo en medio de los soldados, Lumumba se niega enérgicamente a que le venden los ojos. Exige mirar a la muerte cara a cara. Le dieron entonces un fuerte empujón. Lo agarraron y lo ataron firmemente. Emitió un sollozo de angustia. Siguió forcejeando y, mientras lo sujetaban con fuerza tratando de atarlo al árbol, sintió un oscuro deseo. «La muerte cara a cara», se dijo. Y cerró los ojos.

Telegramas

Hasta el 21 de abril, el general Navarre, aunque ya sin saber qué hacer, seguía mostrando la mayor determinación. ¡Se oponía firmemente, y lo repetía sin cesar, al alto el fuego! Y en las muchas cartas y telegramas que intercambió con el alto mando y los miembros del gobierno, dijo una y otra vez, en tono marcial, que sería una vergüenza y un error que cesaran los combates. Esta actitud imponía.

De pronto, unas horas antes de la visita de Dulles a París, el 21 de abril, Navarre se despierta intranquilo. Las noticias que llegan del campo atrincherado son pésimas, el tiempo es malo, su horóscopo es lamentable. ¿Qué he hecho?, se pregunta, triste y desanimado, después de una mala noche. Es entonces cuando escribe al general Ély su misiva histórica. Una semana antes de la caída de Dien Bien Phu, unas horas antes de que pierdan la guerra definitivamente, entre dos ataques de angustia, el general Navarre cambia bruscamente de estrategia. Solo los necios no cambian de opinión, se dice. Sentado a su escritorio Mazarin, con la vista perdida en la labor de ebanistería, chupeteando el secafirmas, escribe: «Tras madura reflexión», olvidando mencionar sus angustias matinales, «he llegado a la conclusión de que un alto el fuego inmediato sería lo mejor».

Este giro repentino e inequívoco, este tono de autoridad que emplea para sostener un punto de vista diametralmente opuesto al que había defendido con obstinación durante meses, desconcertó profundamente al jefe de Estado Mayor de las Fuerzas Armadas. ¿Qué significaba este brusco cambio? ¿Cómo interpretarlo?, se preguntó el general Ély. Esta pregunta, como tantas otras —desaparición de los dinosaurios, eslabón perdido, hombre de la máscara de hierro—, quedó sin respuesta.

Los buenos culebrones se superan con cada capítulo. Así, a principios de mayo, nuevo telegrama. Navarre considera ahora que «si Dien Bien Phu cayera, un alto el fuego inmediato y sin negociación previa sería imposible». El general Ély está estupefacto. Navarre no sabe lo que dice, cambia de opinión constantemente. El 5 de mayo, otro telegrama. Esta vez, solo podría haber un alto el fuego si se dieran *las más sólidas garantías para el futuro*. Sin embargo, en el cuestionario que presenta la delegación francesa en Ginebra, a la pregunta «¿A quién beneficiaría el alto el fuego?», Navarre contesta sin dudarlo: «Al Viet Minh».

La lectura de estos telegramas produce una impresión penosa, nos hallamos ante una mezcla harto extraña de seriedad y de confusión, el tono es frío, altivo, pero el contenido débil, poco apuntalado, Navarre se asfixia. Nos imaginamos al pobre general perdido en la otra punta del mundo, su carrera va a acabar con un fracaso doloroso, él lo sabe y se pasea lívido, asustado, por los pasillos de la lujosa residencia que creyó que debía exigir, en la época de su grandeza, hace apenas unos meses.

Solo que, ¡ay!, sus miedos, sus tormentos íntimos no se limitan a amargar el ambiente en Hanói y en Saigón, rápidamente colonizan a todo el gobierno francés, y, durante la primera semana de mayo, sus dudas contaminan a las más altas instancias. Todas las personas que en Francia tienen alguna responsabilidad, militares, políticos, expertos de toda índole, se dividen. Por un lado, los partidarios de un alto el fuego inmediato; por el otro, los de un alto el fuego negociado. Es el caso Dreyfus de los tontos, el Panamá de los cretinos. En un momento en el que la guerra ya está perdida, todos se pelean, incluso el sacrosanto consejo de guerra se escinde violentamente en dos bandos. El famoso telegrama de principios de mayo inflama los ánimos más fríos, más experimentados; se mesan los pocos pelos que les quedan en la cabeza. Navarre es contagioso. Todo el mundo se vuelve majara. En el Estado Mayor se matan, en el consejo de ministros se pegan, en las alcobas se arañan. Hay que elegir bando. ¡Unos gritan: «Alto el fuego inmediato», otros: «Alto el fuego negociado», y no hay cuartel!

*

Cuando cayó el campo atrincherado, la humillación fue demasiado grande, insoportable. Navarre tuvo violentos ataques de angustia, no se atrevía a salir. La condescendencia discreta de los colegas lo hería más que el desprecio. Tenía vergüenza. Temiendo la debilidad que sentía, y que, sin embargo, lo habría hecho más accesible, más humano, mostró una firmeza mayor, se volvió más sectario, retrógrado. Vivió en un resentimiento reafirmado. Y sin duda nunca más volvió a ver las cosas claras como las vio, milagrosamente, por unos instantes, al precio de una suspensión momentánea de sus facultades, en medio de inmensos sufrimientos, en mayo, cuando su carrera quedó brutalmente destruida, cuando su vida entera perdió todo sentido y él, el cantor de la victoria, *cuya mecánica cerebral era de una precisión admirable,* según se decía, fue vencido por aquellos hombres a los que en el fondo despreciaba, los *campesinos anamitas.*

Vivió un breve destello, momentos antes de la caída.

En su inmensa residencia, ese palacio de los gobernadores de Indochina que, unos meses antes, pagado de sí mismo, requisó sin ningún empacho, deambulando al caer la noche por el estanque de las carpas, en el que, según se dice, había, como en Versalles, algunos ejemplares ya viejísimos cuando el palacio se construyó según los deseos faraónicos de Paul Doumer, errando por las trece hectáreas del parque, seguido discretamente por su ordenanza, dirigiéndose a una luz que sin embargo no veía, quizás Navarre sintió de pronto el vértigo de aquella derrota y aprendió algo; había estado todo el día yendo y viniendo impaciente, se había recorrido sin descanso los cien metros cuadrados de su fastuoso despacho, que cada vez se le había hecho más pequeño, más estrecho, a medida que iba y venía a lo largo y ancho de él, a medida que su angustia abría invisibles caminos, atraídos los ojos inexorablemente por el biombo lacado que le regaló Bao Dai, con sus manchas oscuras, sus sombras pálidas, ante el que, como ante el agua negra y densa de un estanque, se detuvo muchas veces, atónito, viendo aquella oscuridad profunda en la que centellean minúsculas hojas doradas, y luego, aún más febrilmente, se había recorrido también los kilómetros de pasillos del palacio, había entrado, una tras otra, ansioso, en las decenas y decenas de salas de ceremonia, que en aquel momento, al final del día, estaban vacías, buscando por los mil trescientos metros cuadrados del edificio a alguien o algo; ya no sabía qué.

Así había caminado, caminado, en medio de una angustia febril. Y había sentido que caía. En aquel momento, recorriendo el paseo de mangos, de follaje espeso, umbroso, ya sumido en la oscuridad cuando el día declinaba, se decía sin duda que su carrera había terminado, que iba a acabar con una nota horrible, un desastre, un baño de sangre. De pronto divisó, a lo lejos, la fachada neoclásica del palacio, de una austeridad irritante, y la especie de superioridad que el edificio emanaba le hirió, como si fuera un desmentido de su persona. Tendría que haberle hecho caso a mi padre, se dijo, ser profesor. Pero el tópico no lo ayudó, al contrario, lo angustió. Se vio a sí mismo de niño, repitiendo sus lecciones, su infancia desfiló ante él; le pareció gris. Su fría perspicacia ya no lo ayudaba. Y entonces creyó oír un cañonazo. Se sobresaltó. La batalla casi ha terminado, se dijo, como si pudiera oír lo que pasaba en Dien Bien Phu desde allí, desde Hanói, desde el apacible jardín del palacio cuyo último inquilino sería él.

Pero no oía nada. Solo los insectos que chocaban contra el farol, y ese ruido le destrozaba los tímpanos como si fuera el pitido de un silbato de vapor. Se tapó los oídos; estaba agotado y avanzó a paso lento, tan lento que casi no se le veía en la oscuridad, y, cuando por fin llegó penosamente al cenador, había envejecido. Se dejó caer maquinalmente en una endeble silla dorada, un criado permanecía aparte. El ordenanza hizo como que seguía su camino. Se creyó solo. Cayó la noche. No se movía. «Cuanto más nos acercamos al poder, menos responsables nos sentimos», pensó. Ya no recordaba dónde había oído esta frase, que empezó a resonar en su interior, a zumbar alrededor de ese farolillo que llamamos conciencia. «Cuanto más nos acercamos al poder, menos responsables nos sentimos.» Su mirada hendía la noche en dirección al parque, a unos árboles más negros que la noche, más densos. «Me dicen que ha habido veinte mil muertos», pensó. Cada palabra parecía buscar algo en él. Veinte mil muertos. Navarre se pregunta lo que significa la vida de veinte mil hombres. No lo sabe. «Y los norteafricanos, los anamitas...», piensa, y eso lo sume de pronto en una especie de perplejidad, de confusión, «... norteafricanos..., anamitas...», ¿se incluyen en esos veinte mil muertos que ha habido desde el comienzo de la guerra? «Me dicen que ha habido quince mil muertos norteafricanos, sí, quince mil, y cuarenta y cinco mil indochinos, es verdad...» De nuevo intenta contar, volver a contar, pero las cifras se dispersan. Ha caído la noche. Navarre está solo. Solo con ochenta mil cadáveres.

No queda más que el interior de Navarre, un vacío. Pero el vacío habla. Habla de los muertos, habla a solas, una tristeza desconocida lo acomete. «¿Y el Viet Minh?», se dice de repente, sin saber muy bien qué quiere decir. «Y el Viet Minh, ¿cuántos muertos, cuántos?» Se acuerda entonces de una notita que le transmitieron en París, cuando tomó posesión del cargo, en la conferencia del Estado Mayor. La nota formaba parte de un expediente en el que hacían balance de las pérdidas, cree recordar una columna, su mirada recorre lentamente la línea de tinta y ve: quinientos mil soldados. Y en otra columna: cien mil civiles. «Seis veces más que nosotros», se dice. Sus manos se crisparon sobre los largueros de la silla de ratán, sus uñas rascaron los dorados. Quiso morirse.

Sí, quizás esa noche, ante el oscuro paseo de mangos que plantó Doumer, en el silencio mareante de su conciencia, Navarre quiso morirse. «¡¿Cómo es posible?!», gritó. Su grito no rasgó la noche. «¿Cómo puede un ejército moderno perder frente a unos...?» No le salía la palabra. «¡Un ejército de campesinos!», gruñó. Aunque ya no creía que lo fuera. El criado se le acercó y le preguntó qué quería, y él comprendió que estaba hablando solo. «Nada, gracias, Minh, no te estés aquí, entra.» El criado se fue.

Se quedó mirando al vietnamita que se alejaba, una manchita oscura en la fachada del palacio. Los árboles apenas se distinguían ya de la noche. Navarre estaba a oscuras. Seguía allí, mudo, petrificado. La guerra se había perdido. Hasta aquel momento había tenido una brillante hoja de servicios, había hecho todo lo que sus padres deseaban, había sido obediente, respetuoso, buen alumno. Y había querido ser militar, defender el honor de su país, de su imperio. Todo se había venido abajo. De golpe, por culpa de aquella maldita guerra, iba a cargar con la más dolorosa de las derrotas; ¿no era el primero que perdía contra unos metecos, unos amarillos? «¿Qué hemos hecho?», se dijo. «¿Qué he hecho yo? No lo sé.»

Pero precisamente esta vez sí sabía. Duró un minuto. Durante un minuto, dejó de pensar como un oficial salido de Saint-Cyr, dejó de pensar como un capitán que participó sin remordimiento en la pacificación de Marruecos; sí, por un breve instante, vio que toda su retórica habitual, el honor, la patria, era un espejismo. «Estoy loco», pensó. De pronto, entre las pesadas ramas de los mangos, creyó oír un grito. Se levantó y avanzó en la oscuridad, con las manos por delante, perdido. Llamaba: «¿Dónde estáis? ¿Dónde estáis?». Tropezó con la raíz un árbol, tuvo la impresión de que una espada le traspasaba el pecho, soltó el bastón, dio unos pasos vacilantes en las tinieblas. «¡Lo he perdido todo!»

Pero no había perdido nada. Eran los cientos de miles de culis que habían trabajado en las minas y en las plantaciones, no era él, era el ejército popular de Vietnam el que había perdido quinientos mil hombres, era el país ocupado el que había sido devastado, aniquilado. Navarre solo había truncado su carrera y la culpa era suya, había perseverado toda la vida en sus ideas de orden y de honor, en la certidumbre de nuestra superioridad, a despecho de todas las señales contrarias, se había obstinado en concepciones rígidas, limitadas. Eso sí, hasta aquel momento eso le había procurado muchas satisfacciones narcisistas, materiales. Su entorno se aprovechaba fácilmente de su estrecha visión del mundo, la condición de oficial otorgaba en el Imperio derechos casi ilimitados. Y la arquitectura neorrenacentista, a la vez grandiosa y vulgar, del palacio de los gobernadores de Indochina daba fe de este asombroso poder y de este egoísmo.

¿No decían de Navarre que era «un ejemplo perfecto de militar occidental»? Pues eso se había acabado. Se había acabado su vida militar, que terminaba con una completa derrota. Acababa de enviar una serie de telegramas incoherentes y la vida le pareció de pronto absurda. Pensó en suicidarse. Pero no lo hizo. Y lentamente, cuando llegaba al sendero de gravilla que conducía a la escalinata del palacio, recobró el ánimo. Lentamente, fue capaz de aprender con frialdad, o con lo que parecía frialdad, la lección que le daba su derrota; lentamente, a medida que avanzaba hacia la luz de las farolas que orlan la horrible fachada del palacio, dejó que los cadáveres vietnamitas se amontonaran en los paseos de boj y le pareció incluso ver los cadáveres de su propio ejército, y no se inmutó. Lentamente, abandonó en la oscuridad a los culis y su trabajo de esclavos, todo aquel sufrimiento se lo tragó la noche, y cuando llegó a la entrada del palacio y los criados le abrieron los pesados batientes de la puerta, lo había olvidado todo. En el vestíbulo, se quedó mirando el enorme mapamundi en el que estaban trazadas las fronteras ya caducas del Imperio francés. «El mundo es minúsculo», se dijo. Y, con paso decidido, subió el primer escalón de la escalera de honor y a punto estuvo de resbalar.

Los partisanos

Es el 1 de mayo. En las Tullerías, una chiquilla vende ramilletes de muguete. En Ginebra, donde se han abierto negociaciones de paz, mientras la guerra sigue, la gente pasea por los parques, por la calle. Pero en Dien Bien Phu es el fin. Cagan donde pueden, en los túneles, al borde de las trincheras, hacen rodar a los muertos lo más lejos posible. El 3 de mayo, los últimos voluntarios, lanzados en paracaídas, se presentan en el puesto de mando. Los abrazan y les cuelgan del pecho la insignia del cuerpo de paracaidistas. Bravo. El 4 de mayo, los ataques se reanudan. El 5 de mayo, el Viet Minh se acerca mucho a Isabelle. El 6 de mayo, las cumbres del este se pierden, los batallones, desbandados, se defienden en las laderas. Ya solo hay víveres para dos días y a Castries no le queda más que una botella de coñac.

Hacia las tres de la tarde, los franceses ven bailar a lo lejos a los comisarios políticos del Viet Minh. Bailan, gritan de alegría, cantan. La mayoría son niños. Parece paja ardiendo. El follaje está teñido de luz. Pero, a media tarde, el combate prosigue. La artillería se ensaña con lo que queda del campo atrincherado. La noche cae. Hay muertos por todas partes. Retroceden de agujero en agujero, apilan cadáveres para protegerse y brincan entre ellos como si fueran gorriones.

A la mañana siguiente, unos hombrecillos vestidos con pobres ropas verdes y calzados con suelas de goma alcanzan la cresta de las montañas. Son los culis de las plantaciones Michelin, los mineros de Ninh Binh, campesinos anamitas. Ahora llevan una metralleta y esquivan muertos. Hay desechos por todas partes, búnkeres pulverizados, maderos, jirones de lona, alambres. Todo eso yace inerte en el fango viscoso, como después de la tormenta. Y la gran batalla que al menos prometía un final terrible acaba como una partida de polo. Se forman columnas de soldados. Los vietnamitas entran en los refugios tapándose la nariz. Descubren montones de cadáveres y alfombras de mierda. En la última llamada telefónica entre Cogny y Castries no se gritó «¡Viva Francia!», como se ha contado; y, pese al alud de desmentidos, Castries izó la bandera blanca. Passerat cuenta incluso que, al irrumpir el Viet Minh en el puesto de mando, gritó: «¡No me fusilen!».

Al día siguiente, 8 de mayo, en París, bajo el Arco

de Triunfo, se conmemorará el fin de la Segunda Guerra Mundial. Y el sábado por la noche, en Hanói, una de las últimas veces, las discotecas se llenarán.

Un consejo de administración

El presidente Minost llegó el primero. Dándose toquecitos con los dedos en el corto bigote, se dirigió con paso decidido a la escalera de caracol que conducía a su despacho. Se sentó, cogió un informe, lo hojeó distraídamente, acudió a la junta general. El segundo que franqueó el umbral del número 96 del bulevar Haussmann fue Jean Bonnin de la Bonninière de Beaumont, un energúmeno. Estaba casado con una Rivaud de la Raffinière, le había hecho tres hijos y así su modesta familia se había vinculado firmemente con el banco Rivaud, cuya prosperidad procede de innumerables plantaciones de árboles del caucho. Los hermanos de la casada hicieron que fuera elegido diputado por la Cochinchina. En 1940 votó a favor de la concesión de plenos poderes a Pétain y, tras la liberación, fue encarcelado un breve tiempo a causa de las malas compañías. Tras esto, dejó la política y en adelante solo se dedicó a los negocios. Fue presidente y director general de la Société Financière des Caoutchoucs y de la Compagnie des Caoutchoucs de Padang, presidente honorario de Plantations des Terres Rouges, de la Société de Culture Bananière y de muchas otras. Pero su función principal consistía en cultivar las amistades útiles, organizar partidas de caza, reuniones mundanas.

En el vestíbulo se cruzó con Minost, que bajaba a recibir a los miembros del consejo de administración del banco y que, al verlo, torció el gesto, el evidente diletantismo del otro lo irritaba. Pero mientras saludaba secamente a Jean de Beaumont, después de unas escasas muestras de cortesía, François Marbeau fue a su encuentro y lo rescató. Este era el auditor del banco. Una persona de la mejor extracción social. Se había casado con una prima segunda de su madre, marcando así su pertenencia al clan, tanto más oportunamente cuanto que ella descendía de una familia de banqueros de Boulogne-sur-Mer. El hermano de Marbeau era administrador de Sucreries Coloniales y su padre había sido alcalde de Meudon, respetable carrera.

Imaginemos a unos actores que nunca volvieran a su ser real. Interpretarían eternamente su papel. El telón caería y los aplausos no los devolverían a la realidad. La sala se quedaría vacía, apagarían las luces, se haría de noche y ellos seguirían en escena. Podríamos gritarles que lo entendemos, que nos sabemos sus papeles, que nos sabemos de memoria el argumento, pero ellos seguirían actuando obstinadamente, yendo y viniendo y recitando en el escenario. Pensaríamos que se han hechizado a sí mismos, que están atrapados en su propio papel, que se han traspasado el corazón con su propia flecha. El espectáculo sería a la vez bello y terrible, patético y absurdo, y no sabríamos si reír o llorar.

Los miembros del consejo de administración tomaron asiento en torno a la gran mesa. Se estrecharon la mano, murmuraron algunas palabras, abandonaron restos de sílabas en la arena de la buena educación. Un criado sirvió agua con gas. El representante del banco Lazare tomó asiento. Minost fue obsequiosamente a saludarlo. Comentaron la situación política, el drama de Indochina. David-Weill se sentó de nuevo, Minost fue a recibir a François de Flers, un viejo amigo. Los dos fueron inspectores de Hacienda y los dos han dedicado su vida a los negocios. Pero Minost viene de Provins, es hijo de un pasante de procurador. Flers nació en el distrito VIII de París, con veinticuatro años entró en el gabinete de Poincaré y fue nombrado jefe adjunto del Ministerio de Economía; entra por la puerta grande.

Parece ser que existe en París un triángulo sagrado, entre el río Bièvre, el parque Monceau y Neuilly, en el que los especialistas dicen haber descubierto la existencia de un microclima. Por influencia de la estructura eco-paisajística de los grandes bulevares, de los jardines de los palacetes, de la disposición ideal de vastas terrazas de café, gracias a la presencia de una delgada franja forestal, de la suavidad del follaje del avellano turco, del frescor que aportan las sutiles flores blancas del arbusto de perlas que, cuando se marchitan, se esparcen regularmente por los céspedes, las condiciones higrométricas diurnas (y en menor medida las nocturnas) se ven modificadas, lo que permite que una fauna delicada crezca y viva feliz allí, lejos de los pedregales de Belleville, donde el clima es más severo, y muy lejos de las llanuras mortíferas del norte de la capital, donde prolifera una población robusta más primitiva; así, esta zona constituye un oasis en el que la presencia combinada del agua de los estanques y de la sombra de los árboles favorece, desde hace lustros, el desarrollo de una población protegida, los futuros hombres de negocios.

La consanguinidad, la cognación, la filiación, la herencia y el linaje no deberían ser términos reservados para los salvajes de la Amazonia. Los distritos VIII y XVI de París, el corazón de ese triángulo sagrado, podrían ser objeto de un estudio profundo y detallado de lo que normalmente llamamos familia. En el entorno particular que acabamos de describir, se han desarrollado desde hace mucho unas costumbres singulares que permiten, si no poner en cuestión, al menos matizar los sabios análisis de Claude Lévi-Strauss, para lo que podemos recurrir a su teoría de las alianzas en los matrimonios intertribales y examinar el ingenioso sistema combinatorio de la burguesía financiera, de fuerte tendencia endogámica. Así, lo que esa mañana entra en el número 96 del bulevar Haussmann de París son sobre todo familias. Un desfile de dinastías. Allí, la ley fundamental que el gran etnólogo estableció tiene un ejemplo extremo, desmedido. El estudio del distrito VIII de París autoriza casi a formular una nueva teoría de las alianzas. En efecto, una vez averiguadas, a partir de grandes cantidades de datos empíricos, las relaciones generales de las unidades, extraídas algunas leyes de valor predictivo y hecha una monografía detallada sobre el patio de recreo del instituto Janson de Sailly, es posible afirmar, con un margen de error mínimo, que las estructuras elementales del parentesco del distrito VIII de París descansan en ocho términos, hermano, hermana, padre, madre, hija, hijo, cuñado, cuñada, unidos entre sí casi sin ninguna correlación negativa, de suerte que, en cada una de las dos generaciones de turno, existe siempre una buena razón para casarse, ya con la hermana o el hermano del cuñado o la cuñada, como es el caso de varios Michelin, ya con un primo o una prima, hermanos o segundos, eso no importa, pues en materia de matrimonio concertado la burguesía es más permisiva que el Corán, el caso es que todo tienda hacia la estructura de parentesco más simple que puede concebirse y que puede existir; que todo, vehículos, casas, acciones, obligaciones, cargos honoríficos, empleos, rentas, se quede eternamente en la familia; y esta estructura elemental del parentesco de los distritos VIII y XVI de París, llevada a su forma más esencial, se llama incesto.

En un tono grave, los administradores recordaron la lamentable derrota, recordaron a *nuestro* ejército, a *nuestros* soldados muertos. Pero no estaban allí para quejarse. Los negocios debían continuar; además, ¿no había tomado el banco las decisiones que había que tomar, no había hecho bien en abandonar las inversiones indochinas incómodas a partir de 1947 y desplegar lo esencial de sus actividades en otras partes, muy lejos de los combates, en otras colonias? Evidentemente, el ejército francés se había batido lo mejor que había podido, había luchado, repetían, contra un enemigo muy superior en número. Pero, en el fondo, todos lo sabían, Minost lo sabía, incluso lo había dicho justo antes de Cao Bang, antes del «desastre de Cao Bang», hacía cinco años, antes de los cinco mil muertos: Indochina ya no representaba nada en la cartera del banco. Habían liquidado discretamente aquel negocio y los combates se libraban, pese a todo, por una colonia ya vaciada de su sustancia.

Minost lo sabía muy bien. Flers lo sabía también,

lo sabía incluso desde hacía varias generaciones, con un olfato certero que acaso procediera del siglo XVII, de Jean Ango, señor de La Motte, secretario del rey y consejero del Parlamento de Normandía, su antepasado. Y Charles Michel-Côte lo sabía también, y Emmanuel Monick, que fue administrador o presidente de seis o siete bancos, lo sabía también perfectamente. Y todos, dignamente sentados en torno a la mesa, se miraban con una seriedad desconcertante, con una gravedad ejemplar. Ni siquiera la tortura de oír a aquel imbécil de Jean de Beaumont soltar durante más de un minuto todos los lugares comunes posibles sobre el sacrificio de nuestros soldados y la grandeza de Francia —llegó hasta recordar su parentesco lejano con Castries, él, que habría preferido la más modesta velada del club de jockey a cualquier ceremonia militar—, ni siquiera aquel horrible suplicio que les infligía con sus payasadas de diletante, les hizo inmutarse. Su patriotismo era irreprochable.

El portero echó el pestillo y los miembros del consejo de administración se quedaron finalmente solos. Los navegantes de antaño soñaban con las grandes profundidades. Se deslizaban en silencio por una mar lisa, angustiados por el vacío inmenso, desconocido, que se figuraban que había debajo y cuyas señales creían ver en las playas, trozos de tentáculo, medusas desgarradas, algas secas, miembros muertos de estrellas de mar. Aquello inquietaba. Y la sala en la que los miembros del consejo de administración se hallaban en aquel momento encerrados para cobrarse sus dividendos y decidir sobre el futuro es tan pálida, difusa, velada, como el fondo de los océanos. De pronto, los rostros que rodeaban a Minost empezaron a flotar como imágenes en un rayo de luz. Y fue como si se viera no ya este o aquel banco real, encarnación precisa y concreta, sino *el* banco por excelencia, el Ídolo.

Y es que el Banco de Indochina no es cualquier banco. Ha acuñado su propia moneda, como el Banco de Francia, moneda que ha tenido curso legal en Indochina, en las colonias francesas de Oceanía, en Nueva Caledonia, en las colonias francesas de la India, en la costa francesa de Somalia, en medio mundo, vamos. La suma de los billetes que circulan y de las cuentas de crédito del banco supera los dos mil millones. Y ninguno de los miembros del consejo de administración es solo un técnico, no son solo financieros de éxito, simples directores de banco, los encontramos por todas partes, en la madera, el oro, el cobre, los cementos, la hulla de Tonkín, el alumbrado de Shanghái, saben de todo, hacen de todo, lo administran todo. Se toma uno un cucurucho de helado en la calle Paul-Bert de Saigón y no sabe que la sociedad anónima Brasserie & Glacières de l'Indochine tiene en su consejo de administración al muy sabio

Édouard de Laboulaye, del banco. Cambia uno las ruedas de su Chevrolet y no sabe que el caucho lo produce la Société des Caoutchoucs de l'Indochine, en cuyo consejo de administración se encuentra Paul Baudouin, del banco. Uno tiene necesidad de abastecer de agua un chalecito, y no puede saber que el agua potable la distribuye la Compagnie des Eaux et d'Électricité de l'Indochine, en cuyo consejo de administración está Jean Maxime-Robert, del banco. Enciende uno una cerilla y no sabe que la vende la Société Indochinoise Forestière et des Allumettes, en cuyo consejo de administración se sienta Jean Laurent, del banco. Por último, está uno de luna de miel en el río Rojo, escuchando una canción maravillosa que interpreta uno de los famosos citaristas que, en Annam, se ganan la vida mendigando a bordo, y dando sorbitos a un ponche, y no sabe que el barco en el que navega pertenece a una sociedad anónima de transportes y arrastres en cuyo consejo hay un representante del banco. Y si continuamos haciendo el curioso inventario de las empresas que el banco dirige indirectamente, vemos que también se dedica al crédito inmobiliario, al dragado, a las obras públicas, ¡incluso al monte de piedad!

Pero la cosa no acaba en Indochina: a través de sus filiales y participaciones, su influencia se extiende a las salinas de Yibuti, de Sfax y de Madagascar, a las plantaciones de té, a las papeleras, a los fosfatos, a la fabricación de vidrio, a los tranvías, y todos los directivos del Banco de Indochina tienen el don de la ubicuidad, uno está en el banco Comptoir National d'Escompte, otro en la empresa Messageries Fluviales, el barón Georges Brincard está en el Crédit Lyonnais, Joseph Deschamp en el CIC (el Crédit Industriel et Commercial), André Homberg en la Société Générale; pero eso poco importa, porque seguimos siempre los mismos rastros, enrollamos siempre los mismos hilos a los mismos títeres, y no hilos como los alambres que ciñen muñecas famélicas, sino hilos de oro que enlazan una y otra vez los mismos nombres, los mismos intereses, y remontamos sin cesar los mismos nervios, los mismos músculos, para que toda la sangre llegue finalmente al mismo corazón. Y así podríamos seguir horas y encontraríamos cien veces a las mismas personas en todos los consejos de administración, en todos los palacetes, en todos los árboles genealógicos, como antes veíamos el mismo árbol del caucho plantado miles de veces en la factoría de Phu Rieng, con lo que uno acaba inexorablemente pensando que, para toda la colonia, y para Francia quizás, pues ni el Crédit Lyonnais ni el CIC son, que yo sepa, bancos coloniales, uno acaba diciéndose, reflejo pragmático, que, después de todo, ya que el poder político no recae tampoco más que en unos cuantos, para que la democracia no siga dependiendo de la voluntad siempre cambiante, y a veces dudosa, de todos, más valdría vaciar el palacio

Borbón de los bancos de ostras, caracoles y babosas que llevan casi un siglo morando allí y cuya incompetencia perjudica a toda la sociedad, con lo que acabaríamos de una vez para siempre con esa idea falsa, capciosa, según la cual los muchos conocen mejor sus intereses que un grupito de expertos debidamente cualificados, que llevarían al poder su experiencia, su conocimiento de los dosieres y su entrega al bien común. Eso sería, en el fondo, la democracia hecha realidad, esa democracia con la que quizás sueña François de Flers en el momento en que empieza la sesión del consejo de administración, con la que sin duda sueñan muchos inspectores de Hacienda. Eso evitaría que la deliberación política parasitara inútilmente la toma de decisiones. Porque en última instancia, como se nos dice sin cesar, es la vida económica la que dicta su ley. Bastaría, pues, con una sola reunión al año, una reunión tranquila, en el número 96 del bulevar Haussmann, sede del banco, en la que se hablara abiertamente de los problemas y se repartieran algunos dividendos. ¡Un consejo de administración que dirigiera Francia!

*

Y ahora, en el momento culminante del drama, allí estaban, alrededor de aquella mesa, como de costumbre. Los sirvientes les habían despojado delicadamente del abrigo. Minost miraba distraído por la ventana, por donde, viendo las ramas negruzcas de los plátanos, dejó escapar un momento la imaginación. Entretanto, Michel-Côte balbucía, comentaba gráficos y pronunciaba en tono monocorde cifras asombrosas:

—El capital social del banco asciende a dos mil millones de francos, que se dividen en cuatrocientas mil acciones de cinco mil francos, liberadas y mayoritariamente nominativas.

Tosieron. Michel-Côte siguió diciendo misa y llegó al momento crucial:

—El año pasado se pagaron unos dividendos de trescientos cincuenta francos por acción. Tengo el placer de anunciarles... —añadió de pronto, adoptando un aire triunfal que sorprendía en su sosa cara de empleado— ¡que este año los dividendos ascenderán a mil y un francos!

Pese a la corrección proverbial de los presentes, se oyó un murmullo de satisfacción. Hay que decir que el incremento era considerable, los dividendos se multiplicaban por tres. Eran rigurosamente proporcionales al número de muertos. En medio de la derrota de Francia y después de una reorganización general de las actividades del banco de negocios y de su holding, era una proeza notable. Bien merecía cierto júbilo.

Flers y Beaumont intercambiaron una mirada cómplice, como si estuvieran en el salón de los Greffulhe, del que Robert de Flers, el padre, amigo de

Marcel Proust, había sido asiduo. Charles-Valentin Dangelzer contuvo a duras penas la risa. La situación tenía gracia, era incluso rocambolesca. Francia perdía y ellos ganaban, ¡y era un prodigio cuánto ganaban! Minost se sujetaba la cabeza gacha, pensativo. Escuchaba. Quizás estaba sondeando los pliegues más íntimos de su conciencia. Él, que había nacido en una pequeña ciudad de provincias, entre murallas medievales, a la sombra de una notaría, y no en el lujo como los Flers, tenía sin duda debilidades ocultas, un poco de piedad, una pizca de remordimiento. Quizás entrevió, en un arrebato, los cadáveres comidos por las moscas, los búnkeres pulverizados, toda aquella carne inerte que yacía en el barro. Había sido uno de los primeros hombres de la Resistencia, activo, diligente, cercano al general De Gaulle, el indispensable financiero de la Francia Libre, ¿podía, pues, tolerar sin reservas lo que, sin embargo, él mismo había propiciado? ¿Podía embolsarse sin repulsa la cantidad exorbitante de tan dudosos dividendos? Además, se preguntó, ¿no era él *el advenedizo,* el único que no debía su posición a la familia o al matrimonio, y al que los colegas despreciaban secretamente? ¿No le habían encomendado la dirección del banco en un momento crítico, para que borrara el oprobio de la colaboración y luego liquidara mejor los negocios indochinos? Y por eso, a cambio de este fabuloso ascenso, ¿no había tenido que hacer el trabajo sucio? Estaba perdido en sus pensamientos, alzó el rostro y, al ver que Beaumont entornaba los ojillos con gratitud, sintió una especie de asco.

El ojo del huracán

Lentamente abandonaron la sala, en medio de un rumor amigable. Minost salió el último, cerró el maletín, saludó al conserje, que apagó las luces detrás de él. Pese a las excelentes noticias que había dado, su espíritu vagaba, su mirada erraba de derecha a izquierda, de estancia vacía en estancia vacía, en medio de la claridad tenue de los despachos. Era como si buscara algo, a alguien, un recuerdo. El pasillo se le antojó interminable. En el rellano, se detuvo delante del gladiador de bronce que llevaba años muriéndose en la repisa de la ventana; tuvo entonces el embrión de una amarga meditación sobre la vida humana, pero, como si un obstáculo hubiera interrumpido súbitamente la corriente profunda de su ser, pensó de pronto en el campo atrincherado, en la derrota, en la muerte. De golpe, se sintió oprimido dentro del traje y se aflojó el nudo de la corbata. Su mayordomo se lo había apretado demasiado.

Bajando la escalera, se acordó de que, nada más empezar la guerra, el banco había dejado discretamente de invertir, se había deshecho rápidamente de sus negocios en Indochina y había transferido sus fondos a cielos más clementes, y se dijo, pese a la leve amargura que no podía evitar sentir, que habían tenido olfato y habían hecho bien en retirarse con sigilo.

Cuando se produjo el desastre de Cao Bang, el banco ya no tenía presencia allí, Indochina no era más que una cáscara vacía, una apariencia de colonia; lo había comunicado tranquilamente al consejo de administración tres meses antes de aquella primera derrota, tres meses antes de los cinco mil muertos. Y ahora que la guerra había acabado, que estaba perdida, el banco gozaba de una salud insolente, era su mejor año, con un beneficio neto de setecientos veinte millones y unos dividendos que no dejaron de crecer durante la guerra y que, ese último año, se habían triplicado. «Es realmente increíble», murmuró Minost contoneándose; se acarició la gran perla negra que llevaba prendida en la corbata y se retorció nerviosamente el bigote.

Cuando salió del número 96 del bulevar Haussmann, hubo un revuelo de palomas. Minost levantó la cara y siguió la bandada con la vista. Era bonito. Apareció el coche, ocupó maquinalmente su sitio, en el asiento trasero, y el chófer se volvió y le ofreció un vaso de agua. Bebió y se sintió mejor.

El bulevar Haussmann vivía uno de sus terribles embotellamientos de mediodía. Incluso allí tocaban el claxon. ¡Qué molesto le resultaba aquel estrépito! Pensó en el fin de semana que lo esperaba, en las tomateras que el jardinero había plantado según sus indicaciones y que habían agarrado perfectamente. Había elegido un lugar a la vez soleado y húmedo, había sido perspicaz. De pronto, una madre mal vestida, de semblante huraño, increpó al chófer, que había estado a punto de atropellar a su hija; verdad es que la niña había intentado cruzar por fuera del paso de cebra; la atención de Minost volvió instantáneamente a Indochina.

Pensó en la guerra. Vista la cosa con cierta distancia, se dijo, en un acceso de mala conciencia, ¿no eran unos monstruos, todos, por muy distinguidos, bien educados e instruidos que fueran, monstruos con abrigos elegantes, con gabardinas austeras, simios en *trench coats*? ¿Acaso no se parecía ya Flers al monumento que algún día le erigirían en el cementerio de Père-Lachaise, austero también, rodeado de dos columnatas, pero cuya losa de mármol no cubriría, al fin y al cabo, más que un montoncito de podredumbre? Y Beaumont, ¿no era un horrible babuino, con su cara chata, satisfecha, su arrogancia viril? ¿De verdad valía los dividendos que percibía? ¿Cómo podían hablar de mérito, de trabajo, de competencia, de seriedad, cuando semejante fatuo no era allí más que un figurante y cobraba millones?

Se reclinó, cerró los ojos y suspiró. Oía el estrépito del tráfico, notó que el coche giraba a la derecha, frenaba, aceleraba. Abrió los ojos. Cruzaban el Sena y miró el agua gris. No eran monstruos, se dijo, era que sus funciones les exigían sacrificios. El holding del banco suponía una concentración monstruosa de poder, ¡qué se le iba a hacer! Con un gesto elegante, se retorció de nuevo el bigote y el refinamiento de su persona le pareció de pronto que hablaba en su favor, como si fuera un equivalente moral. ¿No había él leído el periódico todos aquellos años, no había leído los temibles artículos de François Mauriac en los que fustigaba y denunciaba una y otra vez los crímenes políticos de Francia? La mayoría de los miembros del consejo de administración del banco se consideraban católicos de lo más estrictos, pero, de repente, habían dejado de leer a Mauriac, que se pasó de *Le Figaro* a *L'Express* y se declaró contrario a la guerra en nombre de ese catolicismo que todos practicaban. Y, sin embargo, pese al inmenso talento de Mauriac, pese a la honradez de Mauriac, que abandonó su bando político y se pasó al de la verdad, lo que es quizás el sacrificio más difícil, desde que François Mauriac condenaba valerosamente la tortura, la violencia policial, la ocupación de Indochina, desde que su pluma cáustica, inteligente y cáustica, cambió de bando, ya no lo leían.

Pero si los militares habían practicado de verdad la tortura, bombardeado a civiles, encarcelado arbitrariamente, si los parlamentarios habían alentado la guerra, adoptando en la tribuna un tono solemne, en cambio, los administradores del banco nada habían dicho oficialmente. Se habían mantenido como siempre al margen, lejos de los conflictos, en la sombra de sus despachos, con el impermeable arrugado en el asiento, sólidamente instalados ante sus carpetas de cartón. Y, claro, si los militares eran responsables de haber interpretado brutalmente órdenes injustas, de haber abusado de la autoridad, de haber cedido a lo arbitrario, si los políticos eran responsables de haber sostenido, contra el interés del pueblo, una guerra ineficaz, asesina, y de haber mentido sobre nuestras intenciones y nuestras posibilidades reales de victoria, si habían celebrado una y otra vez, neciamente, con una mala fe inmensa, a nuestros soldados, cuando principalmente morían árabes, vietnamitas y negros, pues el grueso de nuestro ejército lo formaban tropas coloniales, si habían defendido siempre el patriotismo más estrecho, usando frases hechas, groseras, como siguen haciendo hoy día, para recordar a los muertos verdaderos, usando un vocabulario teatral que deshonra siempre la causa que pretende defender, si los militares y los políticos habían cometido así un gran crimen, los hombres que hacía un momento habían estado sentados a la mesa del número 96 del bulevar Haussmann habían hecho, de algún modo, algo peor.

El coche se dirigía al Ministerio de Justicia, Minost iba a ver a unos amigos. Cuando el coche enfilaba la calle Saint-Jacques y pasaba rasando los muros de la Sorbona, Minost retomó su doloroso monólogo. Sí, se dijo, el banco fue enseguida el socio por excelencia del ejército francés, formó parte de todos los circuitos de financiación y aprovisionamiento del cuerpo expedicionario, lo que durante seis años le ofreció una formidable ocasión de enriquecerse. Así el banco se aprovechó abundantemente de la guerra de la que huía y cuyo fin preveía con lucidez. Pero la tenaza tenía dos brazos. A la vez que el banco retiraba sus inversiones del país, pensó de pronto Minost mirando el cielo, como arrastrada la mirada por sus remolinos grises, a la vez que el banco abandonaba Indochina, la guerra se convertía en su principal fuente de ingresos. En definitiva, en nombre del honor nacional, el banco alentaba, desde el Parlamento, una guerra asesina de la que se beneficiaba y que, sin embargo, creía perdida. Y pese a la gesticulación patriotera de Frédéric-Dupont, pese al orden colonial que Viollette y Michelet defendían, pese a las declaraciones patrióticas inflamadas de los De Lattre y los Navarre, pese a los aplazamientos de Bidault y las amenazas de Dulles, el banco había apostado claramente por la derrota de Francia. Y mientras en Francia acaba de suspenderse el racionamiento y suprimirse «el vale del pan», cuando miles de vietnamitas sufren cotidianamente la guerra, el hambre, y las tropas del Viet Minh combaten calzadas con simples sandalias, y los soldados que llevan dos días sin comer y un pobre diablo toca el tambor por no llorar, cuando en la fiesta del Tet, por la noche, las dinamos de las bicicletas alumbran una mesa improvisada en la que se comparten unos gajos de naranja y unas galletas, los flamboyanes pierden sus flores y los pétalos rojos se deslizan entre latas de conserva vacías, y mientras los cazabombarderos, como gigantescos pájaros, sobrevuelan mudos la selva y las explosiones de obús levantan tal diluvio de tierra que los hombres pierden la noción del tiempo, la guerra está ya perdida en los libros de cuentas.

¡Qué lejos quedaban las barras de castigo, qué lejos quedaban los culis harapientos, qué lejos quedaban los niños que morían trabajando, qué lejos quedaban los varazos! ¡Y qué fácil era ser pragmático, realista, a miles de kilómetros, hacer balance, establecer perspectivas, cuando uno mismo no corría el riesgo de ir a ver lo que pasaba! Y los Flers, los Homberg, los Brincard y toda esa concentración prodigiosa de poder que llamamos *una empresa*, esa falta congénita de escrúpulos que debería producir escalofríos, pueden tranquilamente quedarse, con las manos juntas, la manicura hecha, peinados, vestidos de ricas telas, cortadas a medida, en el umbral, pues lo que vemos no son personas, sino cargos, lo que vemos no son intenciones, talentos, saberes, es la estructura del mundo. Y deberíamos poder ver todo eso al menos una vez, una sola vez en la vida, cara a cara, toda la masa de intereses, de hilos que unen esos intereses unos a otros, revueltos, formando un ovillo enorme, una gigantesca cara, un formidable montón de títulos, de propiedades y de números, como un formidable montón de muertos, mirar aunque solo fuera un instante la verdad monstruosa, como se dice que, justo antes de morir arrastrados por un torbellino, veríamos, azotada la cara por la lluvia, cegados los ojos por el viento, el ojo del huracán.

Pero algún responsable tiene que haber, pensó Minost, como si de pronto fuera otro. Sintió una punzada. Después de treinta años, aún no había conseguido disolver todos sus remordimientos en el aprendizaje de las buenas maneras. Y cuando el coche bordeaba los muros de la propiedad, vio brutalmente todo el mecanismo que los había hecho ricos, la estrategia del banco; habían decidido en un consejo la política que había que seguir y elegido, en el interés de la entidad y de los accionistas, el camino más lucrativo, ¡cómo reprochárselo!

En ese momento, el coche aparcaba debajo de la glorieta, los niños se acercaban tímidamente a recibirlo; recogió el aro que se le había caído en el césped a una graciosa chiquilla con un vestido rosa y se dijo que lo habían hecho muy bien, que habían tenido éxito, el banco había alentado la guerra y cumplido, sin escrúpulos inútiles, la misión colectiva que se le había asignado, proteger sus fondos, aumentar sus activos, equilibrar sus cuentas, pero sobre todo ganar la mayor cantidad de dinero posible. La niña le dio un beso, la dueña de la casa le agradeció las flores que su chófer había pensado en comprar, había depositado delicadamente en el asiento trasero de la berlina y le había pasado al llegar para que él las ofreciera. Y cuando subió los escalones de la bella escalinata y reparó de pasada en las guirnaldas de piedra que se enrollaban a los jarrones, ya pensaba en otra cosa. Solo había olvidado decirse una cosa: que, al final de esa lógica, que era la de todos nosotros, claro, la que adoptamos junto con el privilegio de no ser vietnamita, argelino ni obrero, en ese juego perfectamente acorde con el espíritu que rige hoy el mundo, había que aceptar la idea de especular con todo, de que nada podía excluirse de antemano de la esfera de las cosas, de que solo a ese precio podía uno enriquecerse y de que en aquella ocasión única y terrible, la guerra, ellos, él y los demás miembros del consejo de administración habían especulado con la muerte.

La caída de Saigón

Los helicópteros habían sobrevolado toda la mañana la embajada. Era el caos. En las calles de la ciudad, todo el mundo se llevaba algo, amontonaba de todo, lo que fuera, camas, ventiladores, pantallas de lámpara, colchones. Los mismos policías se habían dado al saqueo, luego el ejército. La gente cruzaba la calle corriendo, zigzagueando entre motocicletas. La ciudad está cercada por el Viet Minh. Estados Unidos había tomado el relevo de Francia, los Frédéric-Dupont, los Viollette, los Cabot, los Dulles habían conseguido arrastrarlos y esta guerra que De Lattre, ante diez millones de telespectadores, afirmaba que se acabaría en dos años, como mucho, habrá durado treinta años. Treinta años. Eso significa que toda una generación envejeció en la guerra, y otra pasó su madurez en la guerra, toda su madurez, y otra nació en la guerra, vivió en la guerra toda su infancia y su juventud. Eso significa mucha gente. Y en Vietnam cayeron, en treinta años, cuatro millones de toneladas de bombas, más que las que lanzaron en la Segunda Guerra Mundial todas las potencias aliadas juntas en todos los frentes. Y eso que Vietnam es pequeño, son muchas bombas para un país tan pequeño. En 1945, Ho Chi Minh no había hecho más que proclamar su independencia, basándose además en *nuestra* declaración de los derechos del hombre, y, después todo, no había declarado la guerra a nadie.

Hay soldados que corren por galerías oscuras, metralleta en mano, y helicópteros que sobrevuelan los edificios. La gente sube a los tejados. Hacen gestos de horror. Los tejados están llenos de hombres y mujeres esperando que vengan por ellos. Pues llega el Viet Minh y treinta años de guerra han agudizado los odios. Incluso estos odios han tenido todo el tiempo y todas las ocasiones para convertirse en una especie de ciencia. El país ha sido dividido, injuriado, y hoy cerca Saigón un ejército que acaba de vivir treinta años de guerra.

Hay casas ardiendo. Algunos cadáveres en las aceras. Un hombre corre desesperado. Gritos. Hay mujeres que llevan niños. Fuego. Una curiosa mezcla de civiles y de militares. Van y vienen en todas direcciones. Vespas, bicicletas, camiones, gentes tirando de baúles, de bolsas. Rostros crispados, asustados. Los grandes helicópteros estadounidenses, con sus dos hélices, los Chinook, que pueden transportar hasta ciento cincuenta personas y doce toneladas de material, arrastran por el cielo hatos enormes. Las discotecas y los burdeles de Saigón han cerrado. El Blue Star ha cerrado. El Baby Doll ha cerrado. El Song Xanh, con sus estrellitas en el techo, también ha cerrado. Y ahora aquí están los jóvenes soldados del Vietcong con su cara inocente. Aquí están los pícaros ancianos del Vietcong con su cara de santo.

El 29 de abril de 1975, los estadounidenses se van, evacuan. Los ventiladores se paran. Los frigoríficos se paran. Los coches se averían. Hay grandes cementerios de frigoríficos, grandes necrópolis de aires acondicionados, pirámides de lavavajillas. Todo está muerto. Y todos corren hacia los últimos barcos, los últimos helicópteros, los últimos aviones estadounidenses. Los pilotos seleccionan a los pasajeros pistola en mano. Es un gentío. Por las ventanillas se ven, en las filmaciones de entonces, muchedumbres corriendo detrás del avión, motos y jeeps circulando detrás a toda velocidad, como buscando no sé qué salvación. Las gentes se agarran a las ruedas, a la pasarela. Consiguen subir a uno o a dos por la piel de la espalda.

Miles de personas que partieron en embarcaciones precarias murieron ahogadas. Es terrible ver esos barcos sobrecargados de personas, esas piñas humanas que flotan a merced de las olas, esos montones de cuerpos, de fardos, de bicis, de gritos, de estupores. ¡Todos esos sombreros de paja! ¡Qué tristeza de pueblo! Se lo divide, se lo separa de sí mismo, pasa el tiempo y no puede sino temer reencontrarse, pillado en la trampa implacable de otros intereses que le han hecho tener. ¡Oh, Kissinger, con lo listo que te creías, el Talleyrand de la guerra fría, qué ridículo resultas con tu sonrisa tranquila, tu aire de saberlo todo, tus famosísimas gafas que, sin embargo, no te han dejado ver nada! Pero no se preocupen, la colonia estadounidense ha sido evacuada y los últimos franceses se han marchado, las grandes criaturas de Cuvier han desaparecido en la niebla. Han sido evacuados en silencio, han hecho mutis por el foro sin ser vistos y han vuelto a sus camerinos. Pero, las últimas horas, la retirada fue lamentable. Con los rezagados todo fue aún más caótico. Hubo muchedumbres que colgaban como racimos de los trenes de aterrizaje y se vio al mismísimo embajador de Italia trepar por la valla como un vulgar ladrón. ¡Ah, hay que ver cómo evacuaron de urgencia en helicóptero a los últimos occidentales en el tejado de la embajada de Estados Unidos, durante la caída de Saigón! Hay que verlo a toda costa, ver a los diplomáticos subiendo como pueden por la escalera de cuerda. Las corbatas llevadas por el viento. Los cuerpos asiéndose a los barrotes y las bufandas volando. ¡Qué atmósfera de fin del mundo, qué confusión! En la esperanza absurda de *una salida honrosa,* se habrán necesitado treinta años y millones de muertos, ¡para que todo termine así! Treinta años para salir así del escenario. Quizás habría sido mejor la deshonra.

NOTA

Por parte de Francia y de Estados Unidos, hubo en total cuatrocientos mil muertos, contando las tropas coloniales e indochinas que formaban el grueso del ejército francés. Por parte vietnamita, la guerra causó al menos tres millones seiscientos mil muertos. Diez veces más. Tantos como franceses y alemanes durante la Primera Guerra Mundial.